愛の狩人

WAKI
NAKURA
名倉和希

CHOCOLAT
BUNKO

ILLUSTRATION 北沢きょう

C O N T E N T S

「ねえ、そろそろ時間じゃない？」

大画面テレビでニュースを見ていたユアンは、女にそう教えられて時計で時刻を確認した。そろそろ出勤時間だった。ゆったりとした黒革《くろかわ》のソファから立ち上がり、ガラスのテーブルに置いておいたダイヤ付きのロレックスを手首にはめる。肉感的な体にシルクのガウンだけを身につけた女が、うっとりとした目で自分を見上げてきた。四十代半《なか》ばだが、すっぴんでもそこそこきれいな女だ。常に節制《せっせい》できる自制心と美容整形で若さを保《たも》てるほどの経済力があるということだろう。

「ユアン……」

この女が自分の容姿を気に入っているのは熟知《じゅくち》している。ふっと微笑《ほほえ》んでやれば簡単に大金を店に落としてくれるから、ユアンにとっては大切な客だった。今日のような店外でのつきあいにも、気前よく小遣《こづか》いをくれる。そうでなければユアンは呼び出しには応じないのだが。

「本当に行くの？　今日は休んじゃえばいいのに。もっと一緒にいたいわ」

もう出勤時間だと教えたのは自分なのに、そんな甘えを見せてしなだれかかってくる柔らかい体を抱きとめる。

高層マンションの窓の向こうは東京《とうきょう》の夜景だ。窓ガラスが鏡《かがみ》のようになって、ユアンと女を映していた。緩くウェーブがかかった金の髪をした三十歳くらいの外見の長身の男と、一回り以上年上のガウン姿の女。まともなカップルには見えないだろう。ユアンは光《こう》沢《たく》のある黒いスーツとドレスシャツを着崩している。あきらかに会社員ではない。もう十年も、ユアンは歌舞伎町《かぶきちょう》でホストをしていた。

「あなたが同伴してくれればまだ離れなくてすむんだけど?」

「ごめんなさい。明日の朝、早いのよ」

女は世界的に有名なバイオリニストだ。コンサートのために明日の便《びん》でアメリカに行かなくてはならず、今日中に会いたいからと連絡があった。この女にはいままでかなり貢《みつ》いでもらっているので、時間さえ空《あ》いていれば急な呼び出しでも応じるようにしている。昼間からセックスに耽《ふけ》り、ユアンは英気《えいき》を養った。言葉通り、ユアンは女と接触することによってエネルギーを得ている。

「ユアン、帰国したら連絡するわ」

ユアンはキスで応えた。唇《くちびる》を重ねて女の舌を吸うと、エナジーが自分の中に流れ込んでくるのがわかる。人間によってエナジーの濃さや色、澄み具合もさまざまだ。このバイオリニストはホストを愛人にしてはいるが、過去にそう男遊びをしているわけではなかったようだ。たぶんバイオリンの練習が大変だったのだろう。それに地位と名声を手に入れたいまでも、音楽の道を究《きわ》めようと努力している。そういう人間のエナジーは年を経《へ》てもそんなに濁《にご》っておらず、そこそこの味だ。

たっぷりと舌を吸って離れると、女は頬を紅潮《こうちょう》させて朦朧《もうろう》としていた。すこしエナジーを吸い過ぎたかもしれない。女は濃厚なキスにまぎれてエナジーを吸われたとは思わず、きっとユアンの舌技《ぜつぎ》に溺《おぼ》れたと錯覚《さっかく》しているだろう。

ふらふらの女をソファに座らせ、「じゃあ、また」と笑顔を向けてユアンは部屋を出た。エレベーターで一階まで下り、外に出てすぐにタクシーを拾う。乗りこんできたユアンの容姿に、中年の運転手がびっくりしているのが見てとれたが、もう慣れっこだ。

「歌舞伎町まで行ってくれ」

ユアンは一言そう命じて、スーツのポケットから携帯端末を取り出した。いくつかメールが入っている。これは仕事用の端末なので、メールの送り主はホストクラブの店長と客ばかりだ。

店長からは、絶対に出勤してきてくれという内容だった。ユアンの太客《ふときゃく》である女社長の来店予告が昨日の夜にあったからだ。そうでなければ、さっきのバイオリニストと朝まで一緒にいてもよかった。女社長の顔を思い出すと、同時にエナジーの不味《まず》さも蘇《よみがえ》る。

彼女との付き合いはユアンが歌舞伎町に来たばかりのころからだから、かれこれ約十年になる。出会ったころはまだよかった。仕事に意欲的で溌剌《はつらつ》としていたから、男性経験が豊富で清純さを失っていても、そんなに不味いエナジーではなかった。

だが、彼女はどんどん汚れていった。仕事のストレスを男遊びに求め、金に執着し、あげくには一時の快楽のためにドラッグに走った。溺れるほどには使っていないようだが、彼女のエナジーはもうほしくないと思うほどに不味くなった。

その女社長だけではない。ホストクラブの客には、おなじ歌舞伎町で働く女たちが多く、キャバクラ嬢や風俗嬢がユアンに熱を上げている。彼女たちのすべてが汚れているわけではないが、やはりエナジーは美味《おい》しくなかった。

それでも一般人の女をエサとして狩るよりも、ホストクラブの客から奪った方が楽は楽なのだ。いちいち女を口説《くど》くのは面倒くさい。女は単なるエサだ。

エナジーがとびきり美味しい女を見つけて自分にメロメロにさせ、恋人にしてしまえばいいのだが、それもまた別の意味で面倒なことになるとわかっているから、ここ数十年は特定の恋人を作っていなかった。

そう、数十年。ユアンは記憶にあるかぎり、三百年は生きている。正確な生年月日など忘れた。ただヨーロッパの片田舎《かたいなか》の生まれであることだけは覚えている。日本に来たのは二十年前だ。名前を変えて各地を転々としている。外見が老《ふ》けていかないユアンは、ひとつのところに定住するのは難しかった。そういう点で、特定の恋人は作り辛い。

「あ、あの、お客さんはどこの国の人ですか？　日本語がお上手《じょうず》ですね」

運転手が話しかけてきた。面倒くさい。ユアンは基本的には男に親切にする気はまったくない。女はエサだから優しくするが。

「もう十年も東京にいるので」

そっけない口調でそう答えた。その前には大阪《おおさか》や札幌《さっぽろ》にいたが、そこまで教えてやらなくてもいいだろう。

「はー、そうなんですかー。東京を気に入ってくださって、ありがとうございますー」

運転手はにこにこと嬉しそうにハンドルを握っている。よしよし、善良な日本人だ。

ユアンが二十年も日本に留《とど》まっているのは、住みやすいからだ。黒髪と黒目ばかりの日本人の中で、ユアンの金髪と緑目はかなり目立つが、治安の良さときれいな女の多さは、他国にくらべて飛びぬけている。それに、食事も美味《うま》い。ユアンの主食は人間のエナジーだが、日々の楽しみとして食事もする。それも美味いにこしたことはないのだ。

そのうちタクシーは減速して、のろのろ運転になった。渋滞だ。特に珍しいことではない。店の近くまで来ていたので、ユアンは下りることにした。料金にすこしばかりチップを足して渡すと、運転手は喜んだ。

「ありがとうございましたー」

中年の男でまったく美形ではないが、ああいった人間のエナジーはきっと不味くないだろう。ユアンはよほどの飢餓《きが》状態になっても男からエナジーをもらおうとは思わないが。

歌舞伎町近くはあいかわらず人がごちゃごちゃと多い。そろそろ夏が近づいてきて夜遊びがしやすくなったからだろうか。

「あ、ユアンだー。いまからお店？」

派手に髪を結いあげた若い女に声をかけられた。ときどきホストクラブに客として来てくれるキャバ嬢だ。二十歳《はたち》を過ぎたばかりだろうに、稼いだ金をホスト遊びで使うという享楽的《きょうらくてき》な生活をしている。個人の自由なのでユアンは好きにすればいいと思うが、あまりエナジーを不味くさせないでくれという願いだけはある。この女とはキスまでしかしていないが、そのときたっぷりとエナジーを奪ってやった。

「おまえも店か？」

「うん、いまから。なかなか同伴してくれる客がいなくて困るー。そのうち、またユアンのとこに行くね」

「ああ、来いよ。かわいがってやるから」

ふふんと傲慢《ごうまん》に笑って見下ろすと、キャバ嬢は目をとろんと潤《うる》ませる。獲物《えもの》の前で、ユアンは誘惑の効果があるフェロモンを放つことができる。フェロモンに当てられた女は、ふたたびユアンに会いたいと思うのだ。

「かわいがってくれるの？」

「おまえが望めばね」

「行く。また行くから、ユアン……」

「待ってるぜ」

ユアンはさらりと離れた。ちらっと振り返るとキャバ嬢は立ち尽くしたまま、まだユアンを見ていた。軽く手を振ってやり、早く店に行けとジェスチャーで命じると、渋々《しぶしぶ》といった感じで人混みに紛れていった。

ネオンが眩《まぶ》しいほどの界隈《かいわい》に足を踏み入れると、気力が漲《みなぎ》ってくるのがわかる。夜はユアンの時間だ。欲望の街は不味いエナジーの持ち主ばかりが生息《せいそく》していても、それはそれで面白《おもしろ》い。三百年も生きているが、人間ほど愚《おろ》かで楽しい生き物はいないと思う。そばにいて厭《あ》きることがないのだから、すごいことだ。

「うっ」

すれちがった男の呼気《こき》からニンニク臭がして、ユアンは一瞬、息をとめた。

「あの野郎、なに食ってきたんだ？」

胸がムカムカして、ユアンは人の波からすこし外れた。街路樹の近くで立ち止まり、深呼吸する。ニンニク臭は苦手だ。あんなに臭くて吐き気をもよおす悪臭はない。嗅《か》ぎ続けていると眩暈《めまい》と悪寒《おかん》に襲われ、気が遠くなることもある。

ユアンは水も苦手だった。泳げない。それどころか浴槽《よくそう》にたっぷりと溜められた湯もだめだ。いつもシャワーで身ぎれいにする。追記すれば、太陽光もできれば避けたい。日本の唯一のいけていない点は、真夏のギラギラした陽光と暑さだろう。あれさえなければ最高の国なのに。

しばし休憩《きゅうけい》してから、ユアンはまた店に向かって歩きはじめた。颯爽《さっそう》と歩く金髪で長身のユアンは目立つ。女のほとんどが振り返ってうっとりしているのを、ユアンは優越感とともに受けとめていた。すべての女は俺にひれ伏すがいい。

ユアンは吸血鬼だ。

どうして吸血鬼になったのか、よくわからない。気がついたらそうなっていた。あれも女で失敗したというカテゴリーに属するのだろうか。とびきりの美女に誘われて、一週間ほど欲望の日々を過ごした。気がつくと女はいなくなっていて、ユアンは人間ではなくなっていた。不治《ふじ》の病《やまい》をうつされたようなものかもしれない。

自分が吸血鬼になってしまったらしいと自覚したのは、人間の首筋ばかりに目が行き、そこに噛みつきたくてたまらなくなったからだ。飢《う》えている。食事をしても、満たされない。飢えを感じているときに鏡を見れば、犬歯《けんし》が異様に伸びていた。これを人間の首筋に突き立てて、こぼれおちる鮮血をすすったら、どんなに美味いだろう——。

飢餓感に耐えられなくなって、はじめて女を捕らえて血をすすったときの快感は凄まじかった。あたたかな血はユアンに力を与えてくれた。

最初はいちいち女を誘って血を吸っていたが、そのうちこれではダメだと思うようになった。吸いすぎると人間は死ぬし、なによりこぼれた血で服が汚れる。もっと美しい吸い方はないかと研究して、エナジーを奪うという方法にたどり着いた。

だがこれだと、効率が悪い。たくさんの女に接触して、多くの時間を接触に費《つい》やさなければならない。結果的に、ユアンは各地でヒモや愛人といった職業につくこととなった。ヒモや愛人が職業の括《くく》りに入るかどうかは知らないが。

日本に流れてきて、ホストクラブというものを知ってからは狩りが楽になった。公然と女に触れられるし、セックスで金までもらえるのだ。一石二鳥《いっせきにちょう》という言葉が日本にはあるが、そのものの生活をしている。ユアンはいまの生活に不満はない。

ただやはり、たまには極上のエナジーを味わってみたいと思う。安い焼酎《しょうちゅう》ばかりではなく、ときには高級ブランデーを飲みたいと思うようなものだ。ファミレスの安価なランチではなく、三ツ星レストランのディナーを食べたいと思うようなものだ。または——例えていたらきりがない。

まとまった休みを取り、田舎まで足を伸ばすか。純潔の乙女《おとめ》を求めて。

そんなことをつらつらと考えながら歩いていたら、通り過ぎようとしていたコンビニの自動ドアからひょいと小柄な人間が飛び出してきた。

「あっ！」

「おっと」

まともにぶつかりそうになったが、ユアンは人間離れした反射神経でその人間を受けとめた。期せずして抱きとめた格好になったのは、高校生くらいの少年だ。パッと顔を上げて、少年はユアンを見上げてきた。吸いこまれそうなほど真っ黒でおおきな瞳だ。印象的でまつげの長い目と、幼さが残るふっくらとした頬のラインを見ると少女っぽくもあるが、首から下はあきらかに骨格がちがった。

パーカーにデニムといったありふれたファッションに身を包んだ少年は、ユアンの顔を見てびっくりしている。無防備《むぼうび》に、目と口を丸く開けてぽかんとしている表情は、まだ世間を知らない子犬のようだった。それも血統書付ではない、日本の雑種犬。

「飛び出すなよ。危ないだろ」

ユアンが叱《しか》ると、少年は我に返って「ご、ごめんなさいっ」と眉尻を下げて情けない顔になった。まさに子犬だ…。

そのとき、少年のうなじから、ふわっといい匂いがした。

「ん？」

人工的な匂いではない。これはこの子の体臭のようなものだろう。それなのにユアンの嗅覚《きゅうかく》になにか訴《うった》えるものがあった。これはいったいなんだろう、と不思議に思い、道端だというのにユアンはつい少年の首筋に鼻を近づけてしまった。

「な、なに？　なんですか？」

うろたえた少年から、いっそう強く匂ってくる。単なるいい匂いではない。これは、美味そうな匂いだ。まさか、この子のエナジーが美味いのか？　どう見ても男だろう。男からこんなに美味そうな匂いがするなんて…！

ユアンは男に対して、狩りの本能を発動させたことはない。この美貌《びぼう》が老若男女《ろうにゃくなんにょ》を引きつけてしまうのはどうしようもなく、いままで数えきれないほどの男たちから求愛されてきたが、そのことごとくを拒絶してきた。ユアンはゲイでもバイでもないのだ。努力せずとも女たちは寄ってきてくれるから、わざわざ男からエナジーを奪う必要はなかった。美味しそうだと思ったこともなかった。

それなのに、なんだ、どうした？　どうしてこの子から美味しそうな匂いがしている？

ユアンがじーっと少年を見下ろしていると、戸惑《とまど》った表情をしていた少年はなにかを思い出したようにパーカーのポケットをまさぐった。

「あの、お兄さん、ちょっと聞いてもいいですか？」

ポケットから出したのは写真だった。学校の制服らしいジャケットを着た女の子が笑顔でピースしている。がっつりとアイメイクを施《ほどこ》しているが、健康そうで清純そうだ。

「この子、この界隈で見たことないですか？　探しているんです」

「……知らないな……」

ユアンが首を横に振ると、少年はがっかりと肩を落とした。落胆とともに、いい匂いが萎《しぼ》んでいくのがわかる。

おいおい、ちょっと待て、と写真を見るふりをして少年の手に触れた瞬間――。

ユアンは雷《かみなり》に撃たれたような衝撃を受けた。

触れた素肌から、極上のエナジーが流れこんできたからだ。富士《ふじ》の湧水《ゆうすい》のように透明感があり清々《すがすが》しく、かつて北極圏《ほっきょくけん》で見たオーロラのごとき七色に煌《きら》めいている。けれど薄くはなく、濃厚で芳醇《ほうじゅん》で、とびきりに甘い……。

とにかく、いままで出会ったことがないほどに最高のエナジーだったのだ。

「あの……お兄さん……?」

手を掴んだまま茫然《ぼうぜん》としていたユアンを、少年が訝《いぶか》しげな目で見上げてきていた。コンビニの自動ドアの前でもあったので、ユアンは少年を引っ張って邪魔にならない場所に移動した。とりあえず、この少年の正体を知りたい。

「おまえ、どこのだれだ?」

「あ、えっと……」

少年は慌ててパーカーのポケットをまさぐっている。

「あっ」

ポケットから足元に、カードがばらばらと落ちた。「すみません」と少年はすぐにしゃがみこんでカードを拾い集める。なにやってんだよと思いつつ、ユアンは手を伸ばして一枚拾った。カードは、生意気《なまいき》にも名刺だった。そこには「イナバ探偵事務所　調査員　筒井《つつい》弘斗《ひろと》」と印刷されている。

「調査員?」

拾った名刺をふたたびポケットに戻していた少年は、照れたように頬を染めた。

「そうです。俺、イナバ探偵事務所の筒井弘斗っていいます。よろしくお願いします」

ぺこりと頭を下げた弘斗を、ユアンはまじまじと眺めた。

「おまえ、高校生だろ。アルバイトで調査員なんかやってんのか」

「ちがいます。高校はもう卒業しました。この春から社会人です」

頬を染めて誇らしげに胸をはる弘斗は、どう見ても高校生だろう。これでは身分証明書をいつも身につけていないと補導《ほどう》されそうだ。どんな経緯《けいい》があって探偵事務所で働いているのかは知らないが。

「この子、家出したんです。家族から依頼が来て……。はやく見つけてあげたいんです」

まるで自分の妹がいなくなったとでも言いたげな悲しそうな顔になり、弘斗は写真に視線を落とす。関東だけで年間どれだけの家出娘がいるだろうか。健全な生活を送っていればいいが、そうではない場合がたやすく想像できる。ユアンは夜の街で生きてきたから、簡単に堕《お》ちることができるのをよく知っていた。

「あの、この子を見かけたら、この名刺の電話番号に知らせてもらえませんか」

「……知らせたら、報酬《ほうしゅう》でももらえるのか？」

金なら腐るほどある。ちょっとした意地悪でそう言ってみたら、弘斗が「なんでもします」と元気よく答えてびっくりした。

「お金はないので出せませんが、かわりに俺がなんでもします」

「は？」

「お兄さんは……モデルさんですか？」

「いや、ホストだ」

弘斗は目を丸くして、まじまじとユアンを見上げてくる。この界隈でホストなど珍しくないだろうに。

「ホストさんだったんですか。お仕事、大変ですよね。掃除でも洗濯でもなんでもしますよ。ペットは飼っていませんか？　散歩とか世話を引き受けます。ご協力に感謝して、俺が精一杯の労働力を提供させてもらいます！」

この子はアホかもしれない――。ユアンは呆れた。でっかい目をキラキラさせて「なんでもします」なんて無茶な言葉を吐くとは、考えナシにもほどがある。もしユアンが悪いヤツなら、とんでもない要求をつきつける可能性があるのに。

こんなに人を疑うことを知らなくて、調査員なんてやっていけるのだろうか。しかも歌舞伎町で。名刺に書かれている事務所の住所は新宿《しんじゅく》の外れだが――と、ユアンはかなり心配になる。

「ほら、これをやる」

名刺をもらったからには、こちらも素性《すじょう》を明かしてあげないと公平ではないなと、ユアンはホストクラブのカードを渡した。

「ホストクラブ『GOLDEN NIGHT《ゴールデンナイト》』のユアン……」

弘斗はまじまじと改めてユアンを見つめてきた。

「日本人…じゃないですよね？　金髪に染めてカラコン入れている人って結構いるから……。すごく日本語が上手ですね」

「もう十年も東京にいるからな。髪は染めてない。カラコンも入れてない」

「……きれいですね」

弘斗は屈託《くったく》のない笑顔でユアンを褒《ほ》めた。言われ慣れているが、下心なしで褒められるのは珍しい。このガキ、本当に大丈夫だろうか。

「その写真の娘、名前はなんていう？」

成り行き上、聞かなければならなくなった。

「多賀咲月《たがさつき》さんっていいます。まだ十七歳なんですけど、歌舞伎町で働いているらしいっていう情報があって……。でも、どこでどんなふうに働いているのかは、ぜんぜんわかっていません」

「山ほど店があるからな」

この街では年齢を偽《いつわ》って働くのはたやすい。カラオケボックス、飲食店、キャバクラ、風俗、どこも一年中労働力をほしがっている。

「家を飛び出してから、もう一カ月以上になるんです。帰るに帰れなくなっていたらかわいそうだから、はやく見つけてあげなくちゃ」

弘斗はため息をついている。驚くほど清純なエナジーを持つということは、すれていないのだろう。こういう人間は、調査対象に感情移入してしまって仕事は仕事と割り切るのが難しいにちがいない。

「……積極的に探すことはできないが、心に留《と》めておこう」

ついユアンがそう言ってしまうと、弘斗はきらきらと輝く笑顔になって喜んだ。ユアンの手をぎゅっと握って「ありがとうございます、ありがとうございます」と繰り返す。

「お兄さん、いい人ですね。ありがとうございます。うれしいです！」

「そ、そうか……」

男を相手にこんな親切心を発揮《はっき》したことはないので、ユアンは自分自身に戸惑った。

それにしても、握られた手からまたもや極上のエナジーが流れてくる。体の奥底から力が漲っていくのがわかった。オーロラのようだったエナジーだが、流れこんできた瞬間から黄金色になり、頭のてっぺんから足の指先まで、輝くエネルギーで満たされていく感じがする。またたくまに、いつもよりずっと視界がクリアになっていった。すごい効果だ。

手に触れただけでこれだったら、もっと深く接触したらいったいどうなるのだろうか。

もっと深く……そう、舌を絡めるようなキスや、セックス……。

いや、いやいや、それはない。それはない！

だってこいつは男だ。どう見ても男だ。弘斗という名前のガキだ。男とセックスするなんて、ありえない。ユアンともあろう天下の吸血鬼が、男に走るなんてあってはならない。

「あの、ユアンさん、痛いんですけど……」

弘斗の苦情に、ユアンはいつのまにか自分の方が少年の手をぎゅうぎゅうと握りしめていたことに気づいた。しまった。

慌てて離し、ユアンは弘斗から一歩だけ距離を置いた。これ以上そばにいたらまずいことになりそうだ。とっとと出勤したほうがいい。ユアンにとって弘斗は危険人物だ。

「俺はいまから店に出なきゃならないから」

「ああ、そうですね、いまからお仕事なんですね。頑張ってください！」

弘斗の笑顔に背中を向けて、ユアンは早足でその場を離れた。

まずい、なんだかまずい予感がするぞ。男は範疇《はんちゅう》外《がい》だ。論外だ。エサは女に限る。性別が女であれば、多少、年を食っていても構わない。百歩譲って、絶世《ぜっせい》の美少年ならまだ許せる。だがあのガキは、弘斗は、どこにでもいそうな一般的な容姿の、ごくごく普通のガキではないか。

「ああ、くそっ」

どうしてあんなガキが極上のエナジーを持っているんだ！　しかも連絡先を知ってしまった！

ユアンは煩悶《はんもん》しながら夜の街に入っていった。

† † †

「ただいま戻りましたー」

弘斗は古いスチール製のドアを肩で開けて、事務所の中に入った。

「おう、お帰り」

出入り口の左手側にある応接セットのソファから声が上がり、弘斗はそちらに足を向けた。雑居ビルの三階にあるイナバ探偵事務所は、弘斗の叔父《おじ》である稲葉剛志《いなばたけし》が経営しているちいさな事務所だ。

十畳ほどの狭いスペースに、事務机が二つと、接客用の応接セットが一つ。観葉植物の一つもない。夜なので窓にはブラインドが下ろされているが、開けても夜景は見えない。隣接するビルの壁が広がるだけだ。隣のビルとは二メートルほどしか離れていなくて、窓を開けても風はそよとも入らないのが悲しいと稲葉は愚痴《ぐち》る。

築《ちく》三十年以上はたっていて、エレベーターはついていない。それでも新宿の片隅という立地なので、そこそこの家賃はするだろう。稲葉はここに事務所を開いてから十五年になるという。維持《いじ》しているだけでもすごいと、弘斗は尊敬していた。

「あ、それいいなぁ」

稲葉はソファでカップ麺《めん》を食べていた。夜の街をさんざん歩きまわって空腹と疲労で眩暈がしそうな弘斗は、つい正直に羨《うらや》ましがってしまった。

稲葉はがっしりとした男らしい体を猫背にして、ずるずると麺をすすっている。無精《ぶしょう》ひげが生《は》えた顎《あご》は頑丈《がんじょう》そうで、黒くてくっきりとした眉は一見、怖そうでもあった。弘斗とは確実に血が繋《つな》がっているのに、全然似ていない。稲葉は弘斗の父の弟なのだが、弘斗は母親に似たのだ。

「そこにあるやつ、食べていいぞ」

「ほんと？　わーい、いただきまーす」

弘斗は電気ポットの横に置かれたコンビニの袋から、好みのものを選び、いそいそとポットから熱湯を注いだ。リンゴ型のキッチンタイマーを三分にセットする。待つあいだに今日の報告をしろと言われ、「犬の散歩二件については、いつも通り三十分ずつやりました。多賀咲月さんの捜索《そうさく》については、収穫《しゅうかく》はありませんでした。すみません」と嘘いつわりなく頭を下げる。

ずずっとスープを飲んだ稲葉は、行儀《ぎょうぎ》悪く割《わ》り箸《ばし》を噛んだ。

「んー…、まあ、そう簡単には勤めている店をつきとめることはできないかな。どこかにヒントでも転がっていればいいんだが……。あの写真とは似ても似つかない顔になっている可能性もあるし」

「似ても似つかない顔…って、まさか整形とか？」

「バカ、家出して一カ月で整形できるほど金が溜まるかよ。化粧だ。女ってのは化粧で化けることができるからな」

「写真の中も化粧していたけど、もっとってこと？」

「もっとってことだ」

そうなると弘斗にはお手上げかもしれない。偶然、すれちがってもわからないだろうから。

いまのところ家出娘・咲月の捜索は弘斗が一人で担当している。家出の直後、咲月は学校の先輩を頼った。一人暮らしをしているアパートに寝泊まりさせてもらっていたのはわかっている。その後、自力で仕事を見つけてきたからと、先輩のアパートを出た。その仕事の詳細はわからず、歌舞伎町とだけ先輩は聞いていたので、弘斗は聞き込みをしていたのだ。

稲葉の前でキッチンタイマーの秒数が減っていくのを見ていた弘斗は、どうしたら早く見つけてあげられるのかなぁ…とため息をつく。ふとユアンのことを思い出した。

「叔父さん、すっごくカッコいい人に会ったよ。ユアンっていう外国人のホスト」

「ホストのユアン？　そりゃまた有名人に会ったな」

弘斗がホストクラブのカードを稲葉に見せると、驚かれた。

「なんだよ、会ったってのは見かけたってだけじゃなくて、会話までしたのか？　こんなものまでもらって。いったいどうしてそんなことになったんだ」

弘斗がコンビニで店員に聞き込みをしたあと店の前でぶつかりそうになったと説明したら、稲葉は怪訝《けげん》そうな顔になった。そして、なぜかまじまじと弘斗を見つめてくる。

「そんなことでユアンがおまえと話をしたなんて、ちょっと信じられないな……」

「なんで？」

「あいつは女を喰い物にして生きているホストだ。もう十年くらいになるんじゃないか、歌舞伎町に現れてから。この不景気に一人勝ちって感じで、かなり優雅な暮らしをしているみたいで羨ましいよ。あいつはさ、腹が立つくらいに態度がきっぱりしているんだと」

「きっぱり？」

「相手にするのは女だけ。女なら若かろうが年食ってようが美人だろうが不細工《ぶさいく》だろうが、許容範囲はかなり広い。博愛主義かってくらいの広さだそうだが、男は絶対に相手にしない。どんだけ金を積まれても男には愛想笑いすらしないって話だ。まともに会話する男なんて、店の従業員くらいなんじゃないかって聞いたぞ」

それはすごい。本当にある意味、きっぱりしている。

「……でも、俺とは普通に会話をしたと思う…けど？　多賀咲月さんの話もきちんと聞いてくれたし」

「だから信じられないっての」

稲葉は実際には面識がないそうだ。だったらユアンにまつわる噂話の信憑性《しんぴょうせい》はそんなに高くないのではないかと思う。だってユアンは弘斗の手を痛いほどぎゅっと握ってくれたし、咲月のことを胸に留めておくとまで言ってくれたのだ。

三分がたち、弘斗は出来上がったカップ麺を食べた。美味しい。弘斗はいままでほとんどこういったジャンクフードを食べてこなかったので、新鮮でたまらないのだ。弘斗が喜んで食べている様子を、稲葉は苦笑して眺めている。

「そんなもんでそこまで喜ばれるとなぁ。まだ食べざかり育ちざかりなのに」

「どうして？　美味しいよ」

「こんど、まともなモンを食わせてやるから」

稲葉が言う「まともなモン」とは、だいたい焼き肉だ。弘斗は小柄で草食系っぽくはあるが、若い男なので肉は好きだった。

「いまの件が片付いたら成功報酬が入る。楽しみに待ってろ」

「うん」

弘斗が笑顔で頷《うなず》くと、稲葉の目が細くなる。おおきな手がテーブル越しに伸びてきて、弘斗の頭をわしゃわしゃと撫でた。

子供のときから、稲葉はそうやって弘斗をかわいがってくれていた。幼いころから、弘斗は稲葉が持つ独特の雰囲気が格好いいと思って、大好きだった。いま思えば、その独特の雰囲気とは、ある種の危険な匂いだったのかもしれない。会社員になったことがなく、二十歳そこそこで探偵事務所を立ちあげた稲葉を、保守的な弘斗の母は嫌っていた。そんな母に気遣い、父は叔父とおおっぴらに会うことはせず、けれどつねに連絡は取り合って、ときどきこっそりと弘斗にも会わせてくれていた。

父と叔父は二人きりの兄弟で、若いころに両親をあいついで病気で亡くしている。兄弟はおたがいを思いやって生きてきた。その兄が亡くなったいま、弘斗は稲葉にとって、たったひとりの血縁なのだ。

「おまえはそれ食ったらもう帰っていいぞ」

「叔父さんは？」

「電話待ち」

どこからどういう電話がかかってくる予定なのかは、弘斗は聞かない。本当は知りたいけれど、余計なことをして邪魔になりたくないのも本音だ。

イナバ探偵事務所は、いわゆる「なんでも屋」で、情報屋のようなことも叔父がしているのを知っている。それがすこしばかり危険な場合もあると、ちらっと聞いていた。

弘斗はいまのところ安全な依頼ばかりを担当している。犬の散歩代行や引っ越しの手伝い、公園清掃だとか迷子のペット探しといったものだ。弘斗を危険な目にあわせたくないという稲葉の配慮《はいりょ》なのはわかるが、本当の意味で稲葉に必要とされて、役に立ちたかった。だから今回の家出娘の捜索は、夜の街に出ていかなくてはならないという点で、はじめて身の危険をともなうものだった。

「あ、そうだ、今日また犬の散歩代行の依頼があったぞ。できるか？」

稲葉が差し出してきたメモには、犬種と依頼人の名前があった。どちらも覚えがある。

「この人なら知ってる。犬仲間なんだ。いつも散歩に行く公園に来てて、仲良くなったからここの名刺を渡した。わー、俺を信用してペットを預けてくれるんだー。嬉しいなー」

「おい、単純に喜んでんじゃねぇよ。これで一日に三件も犬の散歩しなくちゃならなくなったんだぞ。うちはペットシッターの専門店じゃないっての」

「いいよ、俺がやるから。犬ってかわいいよ」

「おまえの方がかわいいよ」

ぼそっと言われた言葉はよく聞き取れなかった。

「なに?」

「なんでもない。とにかく、あんまり営業活動はしなくていい。おまえが急病とかでできなくなったら、俺がやらなきゃならないんだぞ」

「あ、そっか」

「たかが犬の散歩で臨時アルバイトなんか雇いたくないからな。生き物を預かるんだ。人選を誤ったら、とんでもないことになりかねないだろ」

「うん、わかった」

稲葉の言うことはもっともだと、弘斗は頷いた。

「しかしおまえは……どうしてあっちこっちで知り合いを増やしてくるんだよ。買い物代行の電話も来てたぞ。ほら」

もう一枚、メモを渡される。依頼人の名前には、もちろん覚えがあった。

「このおばあさん、一人暮らしで買い物が大変なんだって。お米とか味噌《みそ》とかサラダ油だとかの重いもの。買い物の帰りに公園のベンチで休んでいるところを見かけたんだ」

「それで声をかけたのか？　まあ、この依頼は毎日じゃないから、いいけどな。とにかく、おまえが連絡つけて代行の頻度《ひんど》とか相談しろ」

「はーい」

二枚のメモを丁寧《ていねい》に折り畳んでポケットに入れた。

「じゃあ、先に帰ってるね」

「洗濯機の中のもの、洗っておいてくれ」

「うん、わかった」

弘斗は事務所を出て、雑居ビルを後にした。

現在、弘斗は稲葉の部屋に転がりこんでいる居候《いそうろう》だ。稲葉は事務所から徒歩十分くらいの場所にあるアパートに住んでいる。ここも古くてエレベーターはないが、しっかりとした鉄筋で2LDKという余裕のある間取りだ。居候させてもらっている手前、アルバイト代から家賃を払うと弘斗は申し出たが、稲葉は受け取ってくれない。やっぱりまだ頼りない甥《おい》っ子でしかないのだろう。

「家賃なんていらないから、たまに洗濯と掃除をしてくれ。余ったバイト代は貯金しろ」

それが弘斗を思いやっての言葉だというのはわかっている。受け入れてくれただけでもありがたいのだ。だが稲葉には言っていないが、弘斗が目指しているのは、仕事の相棒《あいぼう》というポジションだ。道のりは険しくて長い。

弘斗は四年前、中学三年生のとき、両親を亡くした。交通事故だった。まさに青天《せいてん》の霹靂《へきれき》で、世界がひっくり返るほどの衝撃と悲しみだった。そんな弘斗を温かく迎えてくれたのが、母の妹の家族だった。弘斗を籍《せき》に入れてくれ、それから高校卒業までの四年間、本当の息子として面倒をみてくれた。感謝してもしきれないほどだ。

叔母《おば》は「いつまでもここにいてくれていいのよ」と言ってくれたが、高校卒業と同時に、弘斗は叔母の家を出た。特に勉強が好きではなかったので進学するつもりはなかったから、卒業したらどこかに就職して自立するつもりだったのは本当だ。だがそれ以上に大変な問題が持ち上がった。

叔母夫婦の家には弘斗より一つ年下の従妹《いとこ》がいた。もともと家族ぐるみの交流があったので、一人っ子同士、昔から仲良くしていた。兄と妹のような関係だった。一緒に住むようになっても、それは変わらなかった。すくなくとも弘斗はそういうつもりだった。

弘斗が十八歳、従妹の美穂《みほ》が十七歳になったころのことだ。夜中に、息苦しくて目が覚めた弘斗は、自分の上に美穂が乗っていることに気づき、びっくりした。

「あたし、ずっと前から弘斗のことが好きだったの。弘斗も、あたしのこと嫌いじゃないでしょ?」

美穂は夜這《よば》いに来たのだ。まったくその気がなかった弘斗は、美穂を部屋から追い出した。妹だと思っていた従妹の暴挙《ぼうきょ》を、弘斗はだれにも言えなかった。美穂には日を改めて、そういう気持ちにはなれないと話したが、納得してくれなかった。部屋に鍵《かぎ》をかけて、弘斗は自分の身を守らなければならなくなったのだ。

結局、就職が決まらないまま卒業を迎えてしまい、叔母夫婦に引きとめられたが家を出てきた。頼ったのは父の弟である稲葉だ。稲葉には美穂との事情を打ち明けた。もう叔母の家には戻れないという弘斗を、稲葉は歓待してくれたのだ。

ただ、探偵事務所の仕事を手伝いたいという弘斗の希望には、なかなか頷いてくれなかった。危険がともなうこともあるし、体力的にも大変なことだってある。引き続き定職につけるように努力しながら、そのへんのコンビニでアルバイトでもすればいいと言われたが、弘斗は稲葉のために働きたかった。粘《ねば》り強く交渉して、なんとか危なくない依頼ならば弘斗にやらせてもいいと言わせた。

稲葉の役に立ちたい。両親が亡くなり、叔母には頼れなくなってしまい、いまの弘斗には稲葉しかいないのだ。稲葉は父親代わりでもあり、兄のような存在でもある。いつか稲葉に「弘斗がいてくれてよかった。頼りになる相棒だ」と言ってもらいたい。それが弘斗の目標になっていた。

稲葉のアパートにたどり着き、弘斗は言われた通り、まず洗濯機を回した。風呂の用意をしつつ、リビングの隅に置かれた室内用の物干《ものほ》し台から乾いた衣類を外し、てきぱきと畳んでいく。両親と住んでいたあいだも、叔母の家に行ってからも、弘斗はできるだけ家事を手伝うようにしていたので、このていどなら慣れている。

衣類を自分のものと稲葉のものとに分けて、それぞれの部屋に運んだ。稲葉の寝室はきれいに片付いている。弘斗が来るまでは、かなり散らかっていたのだが、すこしずつ整理した。喜んでくれた稲葉に、弘斗はホッとしたものだ。

弘斗は納戸《なんど》になっていた四畳半の部屋を借りている。必要ないものばかりの一時保管庫のようになっていたので、稲葉がすべて廃棄《はいき》して、弘斗のためにベッドを入れてくれた。

木製のシングルベッドと衣類用のプラスチックケースがいくつか積まれているだけというシンプルな部屋だ。年頃の男にしては楽しみらしいものがなにもないが、弘斗は満足していた。ここにいれば、従妹が忍んで来る心配をしなくていいのだ。安心してぐっすり眠れるだけでも弘斗にはありがたいことだった。

「そろそろ風呂ができるかな」

着替えを持って自分の部屋を出る。歩きまわって疲れた体を、風呂でゆっくり解《ほぐ》したかった。明日も午前中は犬の散歩、夕方からは咲月の行方を探さなければならない。

「よし、頑張るぞ」

拳《こぶし》を握ったが、自分で見ても頼りない手だなと思わずにはいられないほどちいさい。この手を握ったユアンの力強さを思い出す。ものすごくきれいな顔の男の人だった。あんな絵に描いたような王子様のような人が存在していて、生きて歩いているなんて驚きだ。

首筋に顔を近づけられたのにはびっくりしたけど、とくに理由はなかったようだし、親切な感じだった。稲葉の話は絶対にただの噂で、きっとユアンに嫉妬《しっと》した悪意ある人が故《こ》意《い》に流した話にちがいない。

「……………また、会えるかな………」

夜の街を歩き回っていれば、そのうち偶然、会えるかもしれない。会えるといいな。

弘斗はふふふと思い出し笑いをしながら、風呂に入った。ゆっくりと湯につかり、ユアンのきれいな緑色の瞳のことをいつまでも考え続けていた。

†　†　†

目の前を若い男が横切った。パーカーとデニムという格好に、ユアンは無意識に反応してしまい、チッと舌打ちする。数人の仲間らしい男たちと下品に笑いあっている姿は、記憶にある子犬のような目をした弘斗とは似ても似つかない。

類《たぐい》まれなエナジーを持つ弘斗に出会ってから、三日が過ぎていた。あれからずっとユアンは弘斗のことばかりを考えてしまっている。いまごろどこでどうしているだろうか、タチの悪い童貞《どうてい》喰い女にひっかかって清純な体を汚されていないだろうか、それともゲイのヤクザにでも目をつけられて突っこまれていないだろうか。そんな最悪の想像ばかりをしてしまい、苛々《いらいら》と毎日を過ごしている。

そんなに気になるなら連絡を取ればいい。探偵事務所の住所と電話番号は教えてもらった。正規の調査員なのか、ちょっとしたアルバイトなのかは知らないが、なんらかの依頼のふりをして電話をすれば、弘斗の消息はすぐに判明するだろう。

だがユアンは躊躇《ためら》っている。弘斗がどうしているか知って、それがなんになる。あれは男で、ユアンのエサではない。どれだけ素晴らしいエナジーを持っていて、誘うようないい匂いがするとしても、弘斗は男だ。胸はまっ平らで柔らかな乳房《ちぶさ》はなく、股間には絶対に自分とおなじ男性器がぶらさがっているだろう。

…………でもキスだけなら、してもいいかもしれない……唇の感触に男女の差はないだろう………。なにもセックスまでしたいとは思っていない……。せめてキス……。

「いや、ダメだっ」

ユアンは歩きながら首をぶんぶんと左右に振った。そんなふうにいつのまにか妥協案《だきょうあん》を探ってしまっている段階で、アウトだ。ユアンは自己嫌悪《じこけんお》に陥《おちい》らずにはいられない。

店に向かって新宿の雑踏を歩きながら、それでも弘斗がまた人探しのためにふらふらとしているのではないかと見渡してしまう。あれから三日もたつから、きっと家出娘は見つかっているだろう。そうすると、まだこのあたりをうろついている可能性は低い。

ユアンには特殊能力がいくつかあって、それを駆使《くし》すれば人探しなどわけもない。自分と比べて普通の人間の能力は格段に劣るのは知っているが、三日もあれば十分《じゅうぶん》に思えた。

そう。このあたりにまだいるわけがない。おなじ場所をぐるぐると無駄に回るような調査員なんているか。出会うわけがない。そんな偶然があってたまるか。あのガキがまだう

ろついているなんてことは——、

「あったよ……」

弘斗を見つけてしまって、ユアンはがくりと項垂《うなだ》れた。

† † †

今夜も弘斗は多賀咲月の写真を手に、夜の街へ繰り出していた。

早く見つけてあげたい、その一心《いっしん》で。

ネオンがきらびやかで賑やかな歌舞伎町だが、弘斗はみずからすすんでここで働きたいとは思わない。稲葉が「近づくな」と注意を促《うなが》すような場所がある街なのだ。怖いではないか。ただ遊ぶだけにしてもお金がかかりそうだ。わざわざ歌舞伎町に来なくても、若者には若者らしく遊べるところがあるだろう。だから、咲月もやむを得ずここで働いているように思うのだ。

はやく両親のもとに帰してあげたい。両親を亡くしている弘斗には、生きているのに仲《なか》違《たが》いするなんて時間がもったいない、と感じてしまう。咲月はまだ十七歳だし、これからいくらでもやり直せる。自分がそのチャンスを作ってあげたい。そんな気持ちでいた。

「あっ」

「痛っ！」

手元の写真をじっと見つめながら歩いていたら、だれかとぶつかってしまった。

「すみません！」

慌てて頭を下げ、ぶつかった相手を見るとロングヘアを明るい茶色に染めた若い女の人だった。いや、女の子かもしれない。濃いアイメイクを施しているが、弘斗とそんなに年齢はかわらないいか、もしかしたら年下かも。

まだ六月なのに肌も露《あら》わな服装をしている。ミニスカートからは太腿《ふともも》が大胆に生えていた。キャバクラあたりに勤めていそうなファッションだが、そうとは限らず、遊びに来ただけの通りすがりの可能性もある。

「痛いじゃない。どこ見て歩いてんだよ！」

「すみません」

「すっごい痛かった。前見てなかっただろ。このクソガキ」

口の悪さに弘斗は一瞬、絶句《ぜっく》した。

「なに見てんだよ。じろじろ見るんじゃねぇよ。腐るだろ」

「そーだよ、見んなよ。クッソガキ、死ね」

弘斗がぶつかった女の子には連れがいた。おなじような格好をした派手な女の子ばかり三人。くちぐちに弘斗を非難している。

「す、すみません、あの、これを見ていて、前方不注意でした」

とっさに写真を突きだすと、女の子たちは一斉に注目した。写真を一瞥《いちべつ》したあと、不審《ふしん》げな目で弘斗を睨《にら》んでくる。

「このオンナがなによ？」

「探しているんです。見たことありませんか？」

「知らねーよ。おまえのオンナか？　田舎くっさいオンナだな、おい」

「え……あの、田舎ではなく、区内出身者ですけど……」

バカ正直に答えてしまい、女の子たちの冷たい視線に晒《さら》される。正しくない応じ方をしてしまったようだ。

「あの……知らないなら、いいです。ご迷惑をおかけしました。すみません」

相手は女の子だ。だけど怖い雰囲気なので、弘斗はさっさと退散することにした。女の子がいざとなったら怖いことを、弘斗は従妹によって教えられた。

「えー、なんだよそれ、なに勝手に行こうとしてんだ？　もっと真剣に詫《わ》び入れなよ」

「……すみません」

もう一度、丁寧に頭を下げた。とたんに女の子たちがゲラゲラと笑う。

「びくびくして、ウケるんだけど」

「あんた、よく見るとかわいい顔してんじゃん。うちらが遊んであげようか？　どうせ童《どう》貞《てい》なんでしょ」

「童貞の匂いがぷんぷんするー」

言い当てられて、弘斗はぎょっとした。思わず自分の胸元をくんくんと嗅いでしまい、女の子たちからさらに笑われる。

「やーだ、なにかわいいことしてんの」

「ぶつかって痛かったけどさ、このあと、あたしらに付き合ってくれたらチャラにしてあげてもいいよ」

「えっ、あの、お金なんか持ってないし……」

「だーいじょーぶ、あんたからお金取ろうなんて思ってないって。このショボい格好見れば、ビンボーだってことくらいわかるから」

「いや、でも、仕事中なんで……」

「それって人探しなの？　なんかの調査？」

「そうです。だから、その、いまは……」

「ちょっとくらいサボっちゃってもわかんないって。ほら、行こうよ。いいとこに連れてってあげるからさぁ」

女の子の一人が弘斗の腕を取った。胸に抱えこみ、自分のバストに弘斗の腕を押さえつけるようなことをする。ふわりと柔らかな感触に、弘斗はカーッと頬を赤くした。こんなことをされたのははじめてだった。どうしよう、どうやって断ったらいい？　怒らせないように、やんわりとこの場を去るには、なんと言ったらいいんだろう？

「弘斗、どうかしたのか？」

唐突に、名前を呼ばれて驚いた。声がした方を振り返り、さらに驚く。金髪の長身が立っていた。キラキラと輝く美貌は、ユアンだ。

ユアンを見た女の子たちが色めきたち、ふわっと頬を赤くした。

「えっ、ちょっ…ユアン？　ユアンだよね？」

「ユアン？　だれ？」

「あんた、知らないの？」

「やだ、はじめて見た。すごい、ホンモノすごい」

　きゃあきゃあと騒ぎはじめる女の子たちに、ユアンは笑顔を向ける。ふっと笑っただけで、女の子たちの関心は弘斗からユアンに移り、腕を離された。

「弘斗、どうかしたのか」

「あ、うん、あの……どうもしていない……」

　どうしてここにユアンが？　たぶん、偶然、通りかかっただけだろうけど……すごくうれしい。つい縋《すが》るように見上げてしまう。光り輝くユアンが眩しいくらいだった。困っていたところに現れたから、救世主《きゅうせいしゅ》のように感じているのだろうか。

「あー、この子、まだ見つかってないんだ。君たち、この子知らない？」

　ユアンがひょいと咲月の写真を取り上げて女の子たちの目線に持っていく。さっきまでの剣呑《けんのん》な空気は霧散《むさん》し、女の子たちはうっとりとユアンを見上げながら、あらためて「知らない」と首を横に振った。

「そっか、ありがと」

　ユアンは微笑みつつ、ホストクラブのカードを一枚ずつ丁寧に女の子たちに渡した。

「気が向いたら来てよ。このカードを見せれば俺がテーブルにつくから。はじめてのお客さんは一時間サービスだよ」

「行く、行く、ぜったいに行くよ」

「きゃーっ、うれしいー、行きたいっ」

女の子たちは有頂天《うちょうてん》になっている。ユアンは「またね」とさりげなく離れ、弘斗の腕を掴んで歩きだした。

茫然とする弘斗はユアンに引かれるままに歩く。女の子たちから十分に距離を取ってから、横道に入った。とたんにユアンの空気ががらりと変わる。

「おい、なに変な女にひっかかってんだよ」

さっきまでのキラキラ感が激減していた。そうか、あれはホストモードだったのか。

「あ、えっと、ありがとうございます。助かりました」

「助かりましたじゃない。この界隈をうろつくんなら、ああいった女たちを上手《うま》くあしらう方法くらい身につけておけよ。それともなんだ、童貞を捨てるチャンスだとでも思っていたのか？　だったら余計なお世話だったな」

「えっ、ど、童貞…って、あの、そんなことは、ぜんぜん………」

弘斗は耳までカーッと赤くなって、動揺しまくった。短時間で二度もその単語を突きつけられるとは、今日は厄日《やくび》なのか。いやいや、ここは童貞を否定しておかないと。

「俺、こう見えても、もう十九歳なんで、童貞なんてことは、その、なくって、それなりにいろいろと経験を積んでいまして……」

「見え見えの嘘なんかつかなくていい」

きっぱりと言い切られてしまい、弘斗は泣きそうになった。そしてはたと思い出す。女の子たちに「童貞臭い」と言われたことを。

自分の胸元をふたたびくんくんと嗅いでみたが、やはりわからない。

「……なにやってんだ」

「やっぱり、童貞臭いんですか？　そういう、匂いがするもんなんですか？」

大真面目《おおまじめ》に、真剣に質問してみた。ユアンはモテるだろうし、弘斗なんかよりもずっと人生経験が豊富そうなので、きっとなんでも知っているだろう。そんな望みが弘斗にアホな質問をさせたのだ。

ユアンは目を丸くしたまま、しばし硬直した。そのうち、ぐっと喉が鳴り、もう我慢できない、といった感じで「ぶーっ！」と吹き出した。

「ひーっ、ひーっ、なんだそれ、ひーっ！」

ひきつけに似た爆笑の発作《ほっさ》に、弘斗の方がこんどは目を丸くする。超絶美形のユアンがこんなに笑うなんて、驚きだ。

だが最初の驚きが去れば、悲しみと悔しさがふつふつと湧いてくる。

「俺、真剣に聞いているんですけど……」

「する、するする、童貞臭い！」

「嘘です！」

童貞の匂いなんてないんだと確信する。弘斗は女の子たちにからかわれたのだ。ひどい。真っ赤になって半泣きの弘斗を、ユアンはまだ笑いながら「だーいじょーぶだって」と宥《なだ》めてくる。

「おまえはまだ十九なんだろ。べつに遅くないって」

「……そんなふうに慰《なぐさ》めてもらわなくてもいいです。お世話になりました。さようなら」

悲哀《ひあい》を背にとぼとぼと来た道を戻ろうと、弘斗は踵《きびす》を返す。

「こらこら、待て」

腕を掴まれた。とっさに振りほどこうとしたが、意外なほどつよく掴まれていて離れない。ふり仰いだ先に、ユアンのきれいな緑色の瞳があった。もう笑いの発作は去ったのか、真顔になっている。

「悪かった。謝るから、もう怒るな」

ぽんぽんと優しく背中を叩かれて、苛立っていた気持ちがすうっと鎮《しず》まっていく。

おとなしくなった弘斗を、ユアンがごく自然な感じで抱きしめてきた。宥めるように背中をおおきな手で撫で下ろされて、すごく気持ちがいい。ユアンの広い胸に顔を押し付けて、規則的な鼓動に耳を傾けた。

弘斗の髪に、ユアンが顔を近づけたのがわかる。耳のあたりにユアンの吐息《といき》がかかったような気がして、弘斗は「ん？」と不審に思った。耳の下に柔らかいものが押しあてられて、ぎょっとする。唇？　この柔らかいものは唇じゃないのか？　もしかして耳の下あたりにキスされている？なんで？どうして？

「なに？　ユアンさん、なにしてんですか？」

「なにもしてない」

「嘘、してます！」

弘斗は必死になってユアンの腕の中から逃れた。パッと距離を置いて、キスをされたと思われるあたりを手で擦った。

「いま、ここに、キ、キ、キ………ス、しましたよね？　よねっ？」

「あー……まぁ、スコシダケ」

「なんでいきなりカタコトの日本語になってんですか？　もうっ！」

真っ赤になって思わずキーッと地団駄《じだんだ》を踏んでしまった。

「ちょっとくらいいいだろ。雰囲気だ」

「ユアンさんは雰囲気で男の俺にキスするんですか?」

「唇じゃない。ただの首だろ」

ニヤリと笑ってそう言われたが、唇よりも首の方がなんだかいやらしいと感じるのは、弘斗が童貞だからだろうか——。

「ほら、落ち着け。ちょっとしたスキンシップくらいでガタガタ言うな。おまえは仕事の途中なんだろ。そんなにカッカしていたら家出娘の手掛かりなんて掴めないぞ。冷静にならなきゃ見えるものも見えなくなる。そうだろ?」

すっごく誤魔化《ごまか》されているように思うが、仕事中なのは当たっている。

「家出娘はまだ見つかっていないのか」

「まだ……」

弘斗はため息をついた。

「……俺、人探しの才能はないみたいです……。働いている場所すらわかりません。はやく見つけてあげたいのに……。この子の両親が、待ってるのに」

「そうか」

ユアンは慰めを言わず、肩を抱いてよしよしと背中を撫でてくれた。

こうして撫でられていると、安心して目を閉じてしまいそうになるのはどうしてだろう。

うっとりした顔でじっとしていると、不意にユアンが弘斗を突き離した。

「じゃあ、頑張れよ」

「あ、はい……」

不自然な離れ方ではなかっただろうか――。でもユアンは笑顔で近所の兄さん風に手を振っている。弘斗も笑い返した。

「頑張ります。ユアンさんも、お仕事頑張ってくださいね！」

手を振り返すと、ユアンは背中を向けて歩き去っていった。人波から頭一つ飛び出している。雑踏に見えなくなるまで、弘斗は見送った。

せっかく偶然にも会えたのだから、本心ではもっと話をしたかった。でも弘斗は仕事中だし、ユアンはきっと出勤途中だっただろう。仕方がない。

またそのうち会えるかもしれない。会いたいな――と、弘斗は偶然の再会を望んだ。


「はい、買ってきたよ」

コンビニの袋を差し出すと、稲葉は「サンキュー」と受け取って、中からおにぎりを何個か取り出した。事務所のスチールデスクでノートパソコンを広げたまま、稲葉は明太子《めんたいこ》のおにぎりをむしゃむしゃと食べている。

「おまえ、オムライスのおにぎりなんて食うのか。こんなものはお子ちゃま用だろうが」

「えー、お子ちゃま用じゃないよ」

弘斗は袋の中から自分用に選んだオムライスのおにぎりを出した。フィルムを剥《は》がして、さっそくかぶりつく。美味しい…が、稲葉が口にした「お子ちゃま用」という言葉が耳に残った。

「ねぇ、俺ってお子ちゃま？」

「ああ？　なに当たり前のこと言ってんだ。高校卒業したばっかりのガキだろ、おまえは」

当然だと肯定《こうてい》されて弘斗は反発心を起こした。オムライスおにぎりにかぶりつきながら、稲葉を睨む。

「そのガキに歌舞伎町を歩きまわらせているのはどこのだれ？」

「俺だが？」

稲葉が肩を竦《すく》めた。

「しかたないだろ。俺はこっちの依頼が終わらないとどうにもならない。あと二、三日だ」

わかっていたことを稲葉の口から改めて言わせてしまった。そもそもやりたいと手を上げたのは弘斗の方だ。バカなことを言った。すぐに反省してしゅんとなった弘斗に、稲葉が苦笑を向ける。

「おまえに探し出せるとは思っていない。いいから、地道に聞き込みをやれ」

「もっと効果的に探す方法ってないの？」

「あるにはあるが、おまえにはヤバいことはさせられない。とにかく、弘斗はメイン通りをうろついていろ。まちがっても、俺が入るなっていったエリアには足を向けるな。わかったな」

稲葉が気遣ってくれているのはわかるが、もっとこう、稲葉の助けになるようなことをしたい。それに、一日も早く咲月を見つけてあげたい。

「余計なことを考えるんじゃないぞ。おまえにはまだ無理だ」

なにも言っていないのに、稲葉には弘斗の考えていることなどお見通しなのか。

「経験値ってのは、そう簡単には上がらない。おまえはまだ十九なんだから」

たしかに弘斗はまだ十九歳だが、稲葉がこの事務所を開いたのは二十歳。人には向き不向きがあるとわかっていても、釈然《しゃくぜん》としないものがある。

ふと、脳裏《のうり》にユアンのきれいな顔が思い浮かぶ。ユアンはホストだ。あんなにきれいなのだからモデルでもやっていけると思うのだが、本人が望んでホストになっているのなら、その職業が向いているということなのだろう。

颯爽と現れて、上手に女の子たちをあしらっていた。見習わなければならない。

「ねえ、叔父さん、どうやったらユアンみたいなカッコいい男になれるかな」

「はぁ？」

稲葉は目を丸くして弘斗を振りかえった。手から落ちそうになったおにぎりを、慌てて持ち直している。そんなに突拍子《とっぴょうし》もないことを口にした覚えはないのだが。

「ユアンみたいなって、どういう意味だ？　人種がちがうだろうが」

「だから、姿かたちじゃなくて、その、颯爽としていて、日本語ぺらぺらだし頭も良さそうで、なにをやるにもそつがないっていうか、いい人だし……」

言いながら恥ずかしくなってきた。つまり自分はぜんぜん爽《さわ》やかではなくて、頭が悪くて不器用で不格好だから、ユアンに憧れていると告白したようなものだ。

「おまえ……」

稲葉が胡乱《うろん》な眼になった。

「もしかして、またユアンに会ったのか？　報告は受けてねぇぞ」

「あ、うん、その……わざわざ報告するほどのことじゃなかったかな…と思って」

というのは嘘だ。若い女の子たちに囲まれて困っていたところを助けてもらったなんて、間抜《まぬ》けすぎて稲葉に言えなかっただけだ。

「それで、ユアンになにか言われたのか？　それともされた？」

「さ、され？　なにをされるんだよ？」

弘斗はうろたえてしまった。瞬時に首筋に唇を当てられたことを思い出したからだ。あんなこと、普通はしないと思うのだが、ユアンはホストだし外国人だから特別なことではないのかもしれない。動揺してしまう弘斗の方が、きっと変なのだ——。稲葉には言えないけれど。

頬を桃色に染めてきょときょとと視線が定まらない弘斗を見て、稲葉がため息をついた。

「おまえ、ユアンなんかにもう近づくな。碌《ろく》なことがないぞ。あいつはいい人なんかじゃない」

そう断定する稲葉に、弘斗は反発した。

「そんなことない。いい人だよ」

「いい人が女から有り金まきあげて風俗行きなんかにするかよ。あいつはな、枕営業を平気でやってるって話だ。悪い噂が山ほどあるのに、女たちはふらふらと寄っていっちまう。あいつからはなんか女を引きつけるフェロモンでも出てんじゃないかって言われてる」

「フェロモン……」

確かに、出ているのかもしれない。弘斗は女ではないけれど、なんとなくそういうものを感じる。

「あいつは、おまえとは住んでいる世界がちがう。関わらないほうがいい。弘斗は自分の仕事をしっかりやれ。わかったか？」

「……はい」

関わるなという命令には従いたくないけれど、自分の仕事をちゃんとやれという言葉は、真摯《しんし》に受け止めなければならない。まだまだ自分が半人前であることはわかっているからだ。偶然にもユアンにまた会ってしまって、ちょっと浮かれていたかもしれない。

とりあえず、仕事を頑張る。弘斗にできることは限りがあるけれど、稲葉と咲月のためにできるだけのことはしたかった。

†　†　†

「………不味い………」

思わずポロリと口から零れてしまった呟きを、しなだれかかっていた女が「なにが?」と聞いてきた。しまった、と舌打ちしそうになったユアンだが、長年のホストとしての経験でとっさに艶《つや》っぽい苦笑いを浮かべてごまかした。

「ごめん。ムードが台無しだったな。さっきのチーズが不味かったから、つい」

「そんなに不味かったかしら? いつもの盛り合わせだったたと思うけど」

「俺の好みじゃなかったってだけだから、気にしないで」

デコルテがおおきく開いた色っぽいワンピースを着た女は、ユアンがそう言いながら首筋にキスをすると陶然《とうぜん》とした顔つきになった。内心、おまえのエナジーが不味いんだよ、と思っていてもそれを表情に出してはならない。言葉にするなんてもってのほかだ。それなのに声に出してしまうなんて……。

昨日、あらためて弘斗のエナジーが極上であることを確認してしまい、それが頭から離れなくなっているのだ。弘斗の天真爛漫《てんしんらんまん》な性格はいかがなものかと思うが、だからこそ純真無垢《じゅんしんむく》でエナジーが美味いのだろう。あれは貴重だ。男だが、どう見ても男だが——美味すぎる。

多少、不味くても女の方がいい。男からエナジーをもらうなんてまっぴら御免《ごめん》だと、昨夜はきっぱり弘斗を忘れようとしたはず。なのに、こうしてクソ不味いエナジーを女からもらっていると、弘斗のエナジーが恋しくなってくる。

「ねぇ、ちょっとユアン、聞いているの？」

女が不機嫌そうに声を尖らせた。ユアンはまったく聞いていなかったので「今夜はすこし具合が悪い」といい加減な言い訳をした。

「あら、そうだったの？　大丈夫？」

心配してくる女を席に残して、ユアンはその場を離れた。別のホストに後を頼み、バックヤードに下がる。ホスト用の更衣室にまで行き、置いてある椅子《いす》に座った。一人きりになって、ひとつ息をつく。冷静になれと自分に言い聞かせた。

「あいつは男だ、あいつは男だ、あいつは男だ…っ」

呪文《じゅもん》のように唱《とな》えてみたが、できれば美味しいものを食べたいという欲求はなかなか去ってくれない。

もともとユアンは享楽的に生きてきた俗物《ぞくぶつ》だ。普通に考えれば、三百年も生きていれば生きるのに厭きるか、悟りを開いてしまいそうなものだが、ユアンはそういったものとは無縁だった。ただ女たちに囲まれて楽しく面白く贅沢《ぜいたく》に暮らしていけたらいいと思っている。厭きたことなどない。

なのに、ここにきてはじめての経験をしてしまった。男なのに極上のエナジーを持った弘斗との出会いが、ユアンを混乱させている。

エサは女に限るなんて、いつどうして決めてしまったのだろうか？　いやいや、こらこら、待て待て。エサは女に限るのは当然だろう。それ以外はあり得ない。ああでも、あいつは美味しい。しかもアホの子すぎて気になる。ホストの仕事がおろそかになるなんて、どうしてくれよう…と、深々とため息をついたとき、更衣室のドアが開いた。

「おい、なに勝手に休憩してんだ、ユアン」

店長の如月《きさらぎ》が、眉間《みけん》に皺を寄せて睨み下ろしてきた。

如月は元ホストで、四十代半ばという年齢のわりにはすっきりした容姿をした男だ。この業界で長年生きていると酒とタバコで体を壊す者が多いが、如月は摂生《せっせい》しているらしい。まだ十分、ホストとしてやっていけるくらいだ。現に、昔からの馴染《なじ》み客の中には、如月を指名する女もいる。

ダークスーツの如月を鬱陶《うっとう》しく思いながら見上げた。ユアンの目つきに、如月が「どうした？」と管理職らしい口調で訊《たず》ねてきた。

「なにか問題でも抱えているのか？」

「…………問題と言えば、問題かな…………」

ユアンはまたため息をつき、弘斗の能天気な笑顔を思い出す。いまごろ、この街のどこかで聞き込みをしているのだろうか。また下手《へた》な聞き方をして女を怒らせているのではないかと思うと、気になって気になってたまらない。

「体調が悪いのか？　それとも、金でトラブルでも？　いや、おまえのことだから女だろ」

「あいにくと、そのどれでもない」

もう聞くな、という意味をこめて手を振ったが、如月は職務のためか詰め寄ってくる。

「俺に話してみろよ。力になれるかもしれないぞ」

「いや、あんたには関係のないことだから」

「そんなの話してみないとわからないだろ。おまえの調子が悪いと店の売り上げに関わるんだよ」

「いままで十分、店に貢献《こうけん》してきたと思うけど？」

「これからもよろしく頼む」

もう十年も歌舞伎町にいる。外見の年齢がストップしているユアンは、ひとつのところにそう長くはいられない。弘斗から逃れるためにも、そろそろ歌舞伎町から去った方がいいだろうか。いっそのこと別の国に行くか——。

いやいや、ガキ一人のせいで住まいを変えるなんて、ユアン様らしくない。でも……。

「すこしくらい、休憩させてくれ」

「すこしだけだぞ」

仕方がないなと如月は不満そうに更衣室を出ていった。ドアが閉まるとすぐに立ち上がり、ユアンは裏口に向かう。もう仕事に戻る気にはなれなかった。弘斗が気になる。あとで如月が怒るだろうが、そんなことはどうでもいい。

いまはとにかく、じっとしていられない気分だった。

裏口から外に出ると、人が多い通りへと足を向ける。弘斗はどのあたりで聞き込みをしているだろうか。歩き回りながら、ユアンは聴覚を最大限にまで研《と》ぎ澄ませた。拾いたいのは弘斗の声だけだ。だれかと喋っていてくれれば、すぐにわかる。

『あっ……やめ………』

かすかに弘斗の悲鳴のような声が聞こえた。またなにかあったのか。

ひとつ舌打ちして、ユアンは迷うことなく、その声の方向へ駆けだした。どれだけの人混みだろうとユアンは驚異的な運動能力でだれにもぶつかることなく走り抜けることができる。人間社会で問題なく暮らしていくためには隠さなくてはならない力だ。

いつもは極力《きょくりょく》、特殊能力は使わないようにしているのだが、いまは急いでいる。

『痛っ』

弘斗が今度は呻《うめ》くように「痛い」と言葉を発した。これは本当になにかあったのだ。

「てめぇ、うるせぇんだよ。知らねぇって言ってんだろっ」

「わ、わかりました、すみません」

はっきりと弘斗の声が聞こえた。ダミ声の男と会話している。昨日は女に絡まれ、今日は男のようだ。現場にたどり着いたユアンは、路地裏《ろじ》に転がっている弘斗と仁王《におう》立ちになっている中年の男を見た。冴えないサラリーマンといった感じの小太りの男は、拳を握っている。もしかして、弘斗は殴られたのか。

「おい、なにをやっている！」

ユアンが声をかけると、弘斗と中年男が同時に振り向いた。弘斗の唇の端が切れて、血が流れているのが見えた。たったそれだけでもユアンの嗅覚は極上の血の香りを捉えてしまう。とっさにユアンの頭に浮かんだのは「もったいない！」という美食家ゆえの一言だった。

「ユアンさん……」

弘斗が唖然《あぜん》としながらも名前を呼んだ。路地は狭く、そして汚い。できるなら入っていきたくない。おまけに正義の味方のような登場の仕方をしてしまった。これでは弘斗のナイトのようで恥ずかしい。ユアンはやむを得ず足を踏み入れながら、なにもかも中年男のせいだと睨みつける。

「おい、なんだよ、ガイジンさん。こいつの知り合いか？」

「……………認めたくないが知り合いだ」

渋々といったユアンの頷きに、男はもともと悪い人相《にんそう》をいっそう歪《ゆが》ませた。

「このガキにまともな口のきき方を教えてやれよ。知らねぇって言ってるもんを、しつこく何回も聞きやがって、鬱陶しいんだよっ！」

「でも、咲月さんに似た女の子といつも一緒に歩いているって聞いて……」

「それはオレじゃねぇよ。オレはエンコーなんかやってねぇ！」

「あの、そこまでは聞いていないんですけど」

弘斗が突っこむと、男はうっと言葉を詰まらせて「とにかく」とダミ声を張り上げた。

「そんな女は知らねぇ。とっととうせろっ」

「痛っ」

男が足先で弘斗の足を蹴った。ユアンには、弘斗の気持ちが一気に沈んでいくのが手に取るようにわかる。理不尽《りふじん》な暴力に慣れていないのだろう、弘斗の表情が淀《よど》んでいく。あまり沈みすぎると精神の健康を損なってしまい、エナジーの味に影響するのだ。

俺様のエサになにをする、とユアンは腹が立った。エサは女に限るのではなかったかと、頭の隅っこでもう一人の自分が突っこみを入れたが、それどころではない。

「やめろ。無抵抗のガキになにしてんだ。おまえのほうこそ、とっとと行けよ」

「なんだと、ゴラァ」

男が凄んでみせたのに、さらにイラッときた。人間ごときに舐められたものだ。俺様をだれだと思っている——と、腹立たしい気分がユアンの形相《ぎょうそう》を一変させる。

目尻がつりあがり、緑色だった瞳の奥から赤い光が滲《にじ》むように湧いてくる。風もないのにふわりと金髪が逆立った。犬歯《けんし》がぐっと伸びて唇からはみ出そうになったとき、恐怖に駆られた男が後ずさりして空き瓶《びん》かなにかを蹴った。

ガチャンとガラスが割れる音にハッとして、ユアンは怒りを静めた。瞳の色も髪も元に戻る。男はなにも言わずに慌てて路地から逃げていった。その無様《ぶざま》な後ろ姿が見えなくなってから、ユアンは尻もちをついたままの弘斗を見下ろす。いまの変化を見られたただろうか、と気になったが、それよりも切れた唇の端から流れている血に釘付けになる。

あれを舐めたらどんな味がするだろうか。匂いだけでもたまらなくなるほどだから、たぶん、ものすごく——。

「あ、ありがと、ユアンさん。また助けてもらっちゃって」

弘斗が立ち上がって、尻のあたりを手で払った。無言で立ち尽くしているユアンを、おずおずと見上げてくる。

「えっと……、ユアンさん……？」

「弘斗」

「あ、えっ？」

衝動的に抱き寄せていた。胸にすっぽりと入ってしまう弘斗の全身から、ぶわっと本能を刺激する匂いが吹き出した。ユアンに抱きしめられて驚いた拍子に発汗したせいだろう。弘斗が意図的にしているわけではない。だがユアンにしたら最後の一押しになった。

弘斗の唇に舌を伸ばす。流れる鮮血を舐めとった瞬間、ユアンの全身に衝撃が走った。なんという美味《びみ》！　なんという芳《かぐわ》しさ！　体中の細胞が歓喜するほどのエネルギーがユアンを包みこんだ。

「なに？　ユアンさん？」

「血が……」

「ああ、血が出てた？　でも舐めることはないと……」

茫然としながら腕の中で抗《あらが》う弘斗の口から、さらに濃厚な血の匂いがした。殴られたとき口腔《こうこう》の粘膜《ねんまく》も切ったのだとわかる。ユアンの行動が理解できないのか、弘斗はなんとか逃れようともがいている。無駄な努力をあざ笑う余裕など、ユアンにはない。

弘斗の唇に吸いついてしまった。

「んっ、んん？　んーっ！」

弘斗が重ねた唇の奥で悲鳴を上げたが、無視した。

どこだ、どこを切った、どこから血が出ている？　ユアンは弘斗の口腔を傍若無人《ぼうじゃくぶじん》に舐め回そうとして――愕然《がくぜん》とした。

なんだ？　これはいったいなんなんだ？　なんだ、これは――っ！

口腔の粘膜から怒涛《どとう》のようにエナジーが流れこんできた。ザッパーンと大波を真正面から被ってしまったイメージだ。あまりの甘美《かんび》さに背筋が痺《しび》れ、うっかり腰砕けになりそうになる。弘斗を抱きしめたまま背中側にあったビルの壁にもたれた。そうしなければ立っていられないほど、陶然とした。

エナジーだけでなく、血が混じった唾液《だえき》は甘露《かんろ》だった。貪《むさぼ》るようにねろねろと舐め、弘斗の舌を夢中になって吸う。

いったいどれくらいのあいだ、そうしていただろうか。不意に腕の中の弘斗がぐったりと体重を預けてきたので、ユアンは我に返った。

「おい、弘斗？」

弘斗は目を閉じている。頬をぺちぺちと叩いてみても、反応は薄い。エナジーを奪いすぎたのだ。ユアンは慌ててもう一度唇を重ねた。今度はエナジーを吹きこむようにして弘斗に与える。すぐに効果は表れて、弘斗のまぶたが上がった。焦点《しょうてん》が定まっていなかった目が、やがて間近にあるユアンを見つめる。

「あ……俺……」

現在の状況を把握《はあく》したとたん、弘斗はユアンから飛びすさった。抱擁《ほうよう》の拘束《こうそく》は解いていたので、弘斗は容易《ようい》にユアンから距離を置くことができている。吸われすぎて唇に違和感があるのだろう、弘斗が両手で口を覆った。

なにか言わなければ、これではいきなり血を舐める変態ゲイの烙印《らくいん》を押されてしまうと、ユアンは内心では超絶に焦《あせ》っていた。だがなにかを言う前に、弘斗が先に案《あん》の定《じょう》のセリフを吐く。

「ユアンさんって……ホストだから女の人が好きなのかと思っていたけど、男も有りな人だったんですか?」

「それはない!」

きっぱりと力いっぱい否定してみせたが、弘斗が疑いの目を向けてくる。当然だろう。

「じゃあ、いまのは……なに……?」

「う……」

ユアンは言葉に詰まった。どう説明したら弘斗が納得するのかなんて、宇宙の謎を解くよりも難解ではないか。女をその気にさせるときはフル回転する言語中枢《げんごちゅうすう》が、この大切な場面ではサビついたかのようにまともに動いてくれない。これは呪《のろ》いか。三百年に渡って女を喰い物にしてきた報《むく》いが、こういうかたちであらわれているわけか。

「……ユアンさん、なんか言ってよ」

「その、ちょっとした……」

「ちょっとした？」

「気の迷いだ」

「気の迷い……？」

弘斗がガーンとショックを受けたように青ざめたので、ユアンはとっさに「ではなく」と付け加えた。約二百八十歳も年下の子供相手に、天下の俺様、ユアン様がなんて情けない。ぐぬぬと喉の奥で唸ってしまいそうになりながら絞りだした弁解は、ほぼ真実となった。

「血が、もったいなかったから……っ」

「え？」

弘斗が「なに言ってんの、この人」といった顔で首を傾げた。

本当のことなのにバカにするのか、とユアンは怒りを覚える。無理やりのディープキスと無許可のエナジー奪取《だっしゅ》はたしかにユアンが悪いが、そのまえに中年男の暴行から助けてやったのを忘れたのか。

「昨日も言っただろう。この界隈をうろつくなら、女あしらいくらいきちんと覚えてこいと。今日は男だったが、おまえ、話術が壊滅《かいめつ》的に下手なんじゃないのか。どうせ男を怒らせるようなことを言ったんだろ。もっと穏便《おんびん》に、うまく言いくるめて情報だけを聞き出せるようになれよ。俺は単に、助けた礼として、キスをもらっただけだ。キスだけなら、男も女も関係ないだろ」

堂々と胸を張って言い切った。

「俺はゲイでもバイでもないが、もしそうだとしても、おまえのようなガキに手を出す理由がない。俺はよりどりみどりなんだ。どうして色気の欠片《かけら》もないガキなんかに、わざわざ好んで近づくかよ。おまえ、自分が魅力《みりょく》的だとでも思っているのか？　とんでもない自意識過剰だな」

自分の行動を誤魔化すためとはいえ、かなりの暴言だった。言った端から取り消したいと思うほどだったが、ユアン様はそんな下手《したて》に出るようなことはできない。

「そっか……、そうですよね………」

弘斗が泣きそうな顔で肩を落とした。

「お礼でキス…って、外国では有りなのかな？　それとも、ホストの世界ではよくあることなんですか？　勉強不足でごめんなさい……。もしかしてユアンさんが俺のことそういう目で見ているのかもとか、変な風に誤解しちゃいました。たしかに自意識過剰でしたね……」

弘斗が目を潤ませながらも無理やりに笑った。なけなしの良心がずきりと痛む。

そんな表情は弘斗に似合わない。もっと初々《ういうい》しくて、恥じらうような笑顔がいい。ユアンのせいだ。ホストクラブで女をいい気分にさせるのは簡単なのに、弘斗にはどうしてそれができないのか、自分のことながら理解不能に陥る。

「あの、助けてくれてありがとうございます。二度もユアンさんが通りかかってくれるなんて、すごい偶然でしたね。感謝しています」

弘斗はぺこりと頭を下げると、路地から出ていく。

「じゃあ、また……どこかで、会えるかな……」

弘斗は手を振って、早足に去っていく。その足元がすこしあやしいように見えて、ユアンは気になる。まるで酔っ払いだ。さっきエナジーを奪いすぎていたことを思い出し、路地を出て弘斗を追った。やはり弘斗はふらついている。自分がしたことを棚に上げて、ユアンは舌打ちした。

「もう聞き込みは諦めて、とっとと帰れよ」

絶対に弘斗には聞こえない距離をおいてのひとりごとだったが、弘斗本人も体調がおかしいことに気づいているのか、どこにも寄ることなく歌舞伎町から離れた。帰るつもりなのかもしれない。

果たして、弘斗がたどりついたのは以前もらった名刺に書かれていた探偵事務所だった。古ぼけた雑居ビルの出入り口に『イナバ探偵事務所はこちら』とプリントアウトしただけの紙が貼られている。それにしても薄暗いビルだ。悪い雰囲気は漂っていないが、ユアン並みの視力がなければ、夜間にここを訪《おとず》れようと思う客はいないのではないか。いや、もしかしたら人目を気にする類の客には好都合なのかもしれなかった。

「せめて漢字にしろよ。日本語には漢字ってものがあるだろ」

どこの物置《ものおき》メーカーだとぶつぶつ言いながら、ユアンは弘斗がビルの中に入っていくのを見届けた。道から見上げたビルは、三階の角部屋だけ照明がついている。窓にはブラインドが下ろされているがしっかりと光が漏れていた。その中で人影が動いているのが見える。事務所の調査員だろうか。

弘斗がいったいどんな人間と働いているのか知りたい。ちゃんとした雇用契約《こようけいやく》を交わしたうえでの労働なのだろうか。あきらかに不慣れな弘斗に一人で歌舞伎町を徘徊《はいかい》させるなんて、無謀《むぼう》すぎる。一応、高校は卒業しているようだが、日本では未成年の年齢だ。もちろん未成年でも器用な子供は適応することができるが、弘斗はまだまだだろう。あれは付き添いが必要なレベルだと、ユアンは思うのだ。

それがわかっていて、弘斗にこの仕事をさせているのか、もしわざと危険な場所への出入りをさせているなら考えなければならない。

「……って、なんで俺が弘斗の労働環境に気を配らなきゃならないんだよ」

ユアンは不可解な自分自身に苛立ちながらも、その場から立ち去れない。事務所の中が気になって仕方がなかった。ぐるりと周囲を見渡して、路地を挟んだ隣のビルを見上げる。都合のいいことに、隣のビルは四階建てだった。屋上に上がれば覗《のぞ》き見ができるだろう。

あたりに人影がないのを確認してから、隣のビルの非常階段に近づいた。こちらも年代ものの建物のようで、スチール製の階段は錆《さ》びている。しかも扉がついていて鍵がかかっていた。非常階段に鍵をかけるなんて、もしものときはどうするのだと管理者に聞きたいが、そんなことはいまどうでもいい。

ユアンは鍵の部分に手を置いて、意識を集中した。カチンと音がすると同時に、扉が開く。百年ぶりくらいに念動力《ねんどうりょく》を使ってしまった。かなりのエナジーを消費するが、さっきたっぷりと弘斗からいただいたので大丈夫だ。

ユアンは足音をたてないように階段をするすると上がっていき、屋上まで行った。思った通り、三階の窓が斜め上からの位置になってよく見える。ブラインドの隙間《すきま》を、弘斗がちらりと通り過ぎた。やはりそこが探偵事務所なのだ。もう一人、大柄な男もいる。弘斗が笑顔でその男と会話をし、頭を撫でさせている光景にムッとした。さらに男が弘斗を緩く抱き寄せたのも目撃してしまう。

「あいつ………」

だれにでもそんなことをやらせているのか。だからユアンに抱きしめられても抵抗しなかったのか。抱かれ慣れているとしたら、ユアンはまんまと騙されたことになる。純真無垢だと思いこんでいたのだ。

いやでも、弘斗のエナジーは清純だ。純真無垢なのはまちがいないだろう。ということは、もしかしてあの男は身内だろうか。身内でないとしても、限りなく身内に近い存在で、未成年の弘斗の保護者的な立場なのかもしれないと、ユアンは思い至った。

弘斗の安心しきった笑顔が見えて、その推測は正しいだろうという結論に至る。わざわざユアンが心配しなくとも、弘斗はあの男に守られているのだ。

またもやユアンの口から舌打ちが飛びだす。

「どうでもいいんだよ、あんなガキのことなんか。俺がどうして気にしなきゃならないんだ。もうっ」

両手で頭を抱えたくなったが、俺様ユアン様には似合わない仕草《しぐさ》だ。ぐっと握りこぶしを作り、もうここに用はないとばかりに、ユアンは非常階段へと戻った。ちまちまと足音を殺して階段を下りるのが面倒になり、ひらりと手すりをまたぐ。四階の高さから、ユアンはアスファルトの道路に飛び下りた。このくらいの高さはどうってことない。だれかに見られたとしても、大勢でなければ暗示をかけて忘れさせればいい――。

と、そこまで考えてから、思わずユアンはビルの外壁を蹴っていた。

「ああ、くそっ、できるだけ力を使わないでやってきたのに、今夜だけで俺はどれだけ使ってんだよっ!」

なにもかも弘斗のせいだ。仕事をサボったのも、力を使ってしまっているのも。

ポケットの中の携帯端末を見たくない。おそらく店長の如月から何度も電話がかかってきているだろう。勝手に早退してきたことを、ねちねちと怒ってくるのはわかりきっている。面倒くさい。

かといって、あと五年はこのまま歌舞伎町にいようと思っているので、店長との関係を険悪にはしたくない。如月はユアンの正体に不審を抱きながらも深く詮索《せんさく》せず、ほどよい距離感でもって、稼ぎ頭《がしら》のホストとして遇《ぐう》してくれているのだ。ユアンはどこへ行っても生きていける自信はあるが、だからといってすすんで苦労したいとは思っていない。できれば少ない労力で楽に生きていきたい。

仕方がない、詫びを入れよう。ユアンはため息をつきながら、ジャケットのポケットから携帯端末を取り出したのだった。

† † †

トットットトッとリズミカルに犬は駆けていく。薄茶色のトイプードルは時折、弘斗をちらりと見上げては、散歩を楽しんでいた。よく躾《しつ》けられているため、散歩はそんなに大変ではない。

「はーい、マロン、ちょっと休憩だよー」

いつもの散歩コースでいつもの途中休憩をする。住宅街の中のちいさな公園だ。弘斗は色あせたプラスティック製のベンチに座った。持参しているペットボトルの水をマロンに与える。

この子の飼い主から求められているのは三十分間の散歩だ。携帯端末でしっかりと時間を確認して、マロンの様子を見る。すこしでもおかしな素振《そぶ》りを見せたら、飼い主に報告しなくてはならない。弘斗は毎日、マロンを含めた三件の散歩代行をこなしている。他の単発の仕事が入らない限り、だいたい午前中に済ませていた。

「今日はいい天気だねー」

マロンは答えないが、弘斗が初夏の太陽がきらきらと輝く空を見上げると、つられたように視線を空に向ける。犬はかわいい。弘斗は動物が好きだが、いままで飼ったことはなかった。両親が生きていたときはペット不可のマンション暮らしだったし、その後世話になった叔母の家では、叔父が好きではなかったためになにも飼っていなかった。そしていまは居候の身だ。こうして仕事とはいえ、動物と触れ合えるのは嬉しくて、大切な癒《いや》しの時間になっていた。

マロンは弘斗にすっかり慣れているので、膝《ひざ》に前足をかけて甘えてきた。抱っこしてほしいときのポーズだ。弘斗はちょっとだけだよ、と抱き上げて、膝に乗せてあげる。マロンはお行儀よく膝におさまり、つぶらな瞳で弘斗を見つめてきた。

「かわいいなぁ」

思わず唇を寄せると、マロンはペロッと舐めてくれた。きっと飼い主といつもしているのだろう。マロンにとっては親愛のキスだ。キスといえば――ユアン。弘斗は昨夜の出来事を思い出してしまい、カッと顔に血を上らせる。

ユアンに濃厚なキスをされて気が遠くなってしまった。いくら未経験で、あれがはじめてのキスだったとしても、なんて情けない反応だったのだろうか。十九歳にもなって。

でも、すごかった。本物のキスとは、あれほどに舌を絡めたり吸ったりして、なにもかもが吸い取られるような感覚に陶然としてしまうものだと、弘斗は知ったのだ。

正直、気持ちよかった。あまりにも気持ちよかったから、愛情があるからこその行為だと、弘斗は思いこんでしまった。だが、ユアンはちがうと否定した。弘斗にそんな魅力はないと言い切った。ただ礼としてキスをもらっただけだと……。

ショックだった。言われてみれば、自分にユアンほどの男を引きつける魅力なんてない。だが、なにもそこまではっきり言わなくとも――と、あのとき泣きそうになった。

なんの感情もないのに、あれほど優しくて柔らかくて甘い舌使いができるのだ。大人ってすごい。いや、ホストだから、あんな技を持っているのだろうか。もしかしたらユアンが特別なのだろうか。

どちらにしろ、稲葉が言うように、ユアンはひどい男なのかもしれない。童貞だと見抜いていたくせに、あんなキスを戯《たわむ》れに仕掛けてくるくらいなのだから。

膝に乗せたマロンがキュウンと甘えた声を出したので、弘斗は慌てて時間を確認した。

「ごめん、散歩の続きをしないとね」

膝から下ろしてリードをしっかりと手に持つ。さて、再開だと歩きはじめようとしたら、こんどはマロンが動かない。

「どうした？」

マロンは弘斗の後ろをじーっと凝視《ぎょうし》して、硬直したようになっている。なにかいるのかなと振り返ったそこには、初夏の公園には似合わない、黒い日傘に黒い帽子《ぼうし》、黒いサングラスにマスクをして顔を隠し、長袖のカーディガンを着こんだ背の高い人物が佇《たたず》んでいた。

顔は見えないが、帽子からはみ出ているのは緩くウェーブした金髪だ。百九十センチ近くはありそうな長身とその足の長さから当てはまるのは、あのひとしかいない。

「……ユアンさん……？」

黒ずくめの人物はゆっくりと歩み寄ってくると、「よう」と黒い手袋をした手を上げた。

声はユアンだ。まちがいなく、ユアン。だがどうしてこんな日焼けを恐れる女優のような姿をしているのか。そしてなぜ弘斗の前に現れたのか。

「奇遇《きぐう》だな、弘斗」

「あ、え？」

これは偶然なのか。三度も偶然が続けば、そこにはなんらかの意図がありそうだと勘繰《かんぐ》るのかもしれないが、弘斗はそこまで深読みできる性格ではなかった。ユアンが奇遇だと言うなら、そうなのだろう。

「すごい偶然ですね、ユアンさん。もしかして、この近くに住んでいるんですか？」

「ああ、まあな」

昨夜のことで悶々《もんもん》としていた弘斗は、ユアンが普通に話しかけてくれたことが嬉しかった。

「その犬は、おまえのか？」

「ちがいます。いま散歩代行の仕事中」

マロンは突如《とつじょ》現れた異様なファッションのユアンを警戒してか、うーと唸っている。唸りながらも弘斗の足に隠れようとしているから怖がっているのか。

「失礼な犬だな」

「いつもはもっと愛嬌《あいきょう》があるんですよ。ユアンさんとは初対面だし、その格好のせいじゃないかな」

弘斗はまじまじとユアンの頭から足までを眺めた。

「すごい格好ですね」

「太陽の光が苦手なんだ」

「へぇ、そうなんですか。大変ですね。もっと暑くなってきたら、その格好はかなりつらいんじゃないいんですか？　そうだ、うちの事務所は買い物代行もしているから、なにかあったら言ってくださいよ」

「そうだな、そのうち頼むかもしれん」

「まいどありがとうございます」

弘斗がえへへと笑いながら見上げると、ユアンは黒いサングラスをちょいと指で下ろして瞳を見せてくれた。緑色の神秘的な瞳は、昼間に見ると宝石のように透明感が増している。ついうっとりと見入ってしまいそうだ。

ユアンはすぐにサングラスを戻して瞳を隠してしまった。日傘と帽子で防御していても、サングラスがないと太陽の光が眩しいのかもしれない。

「ところで、名前に『さん』をつけるのをやめてくれないか。変だ。呼び捨てでいい」

「えっ、変ですか？　でもユアンさんは俺よりずいぶん年上だし、呼び捨てにしたら失礼かと……」

「いいから、ユアンって呼べ。いまからだ」

「ああ、はい………。じゃあ、ユアン……」

強制されて呼び捨てにしてみたら、なんだかもっと親しくなれたみたいで胸がほっこりした。うれしい。

「家出娘の捜索は、その後なにか進展があったのか？」

「……ありません」

昨夜はユアンと別れたあと、すぐに事務所に帰った。キスのせいではないだろうが、なんだか貧血のようにふらふらして頭がぼうっとしていたからだ。風邪《かぜ》気味だったのかもしれない。一晩ゆっくり眠ったら、今朝は元に戻っていた。

「担当はおまえ一人なのか？」

「いまのところは……。叔父がそのうち合流することにはなっているんですけど」

「叔父？」

「事務所の所長は、俺の叔父なんです」

「そうか……あの男は……」

ユアンがちいさく呟きながら頷いた。どこかで稲葉を見かけたことがあったのだろうか。

「叔父はいま別件で忙しくて、それが終わり次第《しだい》、俺と一緒に人探しをすることになっているんです。最初から叔父がやっていれば、きっといまごろは見つかって解決していたと思いますけど……」

弘斗だけでは不慣れで、なかなか情報を掴むことはできない。やはり稲葉はすごい人なのだと、あらためて尊敬の念を高めている弘斗だ。

「おまえのところの事務所がどんな料金制度になっているか知らないが、普通、探偵というのはその依頼にかかった日数分の調査費用を請求《せいきゅう》するだろう。だらだらと調べ続けていたら依頼主の負担になるんじゃないのか」

「それは一応、依頼主とは話がついています。俺が一人でやっているあいだは、通常の料金の半分だけ請求するってことで」

「なるほど、おまえは半人前だから半分か」

すぱっと明瞭《めいりょう》に補足説明されて、弘斗はうっと喉を詰まらせる。

ひどい…本当のことだけど…と、つい恨めしげな目でユアンを見上げてしまう。

「俺も協力しよう」

「なにを？」

「だから、家出娘の捜索だ」

意外すぎる申し出に、弘斗はびっくりした。

「えっ？　どうしてですか？」

「いつまでも見つからないと、おまえがまた危険な目にあっていないか、すごく気になる」

「でも、だからって、ユアンはユアンで仕事があって、忙しいですよね？」

「そんなに忙しくはない」

本当だろうか。弘斗の安全に気を配ってくれるのはありがたいが、どうにも腑《ふ》に落ちない。なにかほかに理由があるのかなとユアンの顔を覗きこんでみる。サングラスとマスクでほとんど顔が隠れてしまっているので、表情からなにかを読み取ることはできなかった。

「なんだ、俺が出しゃばってはいけないのか。あらかじめ言っておくが、俺に日当などいらないからな。臨時アルバイトに払う賃金など、たかがしれているだろう。そんな端金《はしたがね》はいらん」

ユアンは胸を張って、居丈高《いたけだか》にそう宣言した。みずからボランティアを名乗るにしては、いささか…ではなく、かなり態度が偉そうだ。わけがわからない。

「あの、ユアン……気持ちは嬉しいんですけど、これは俺の仕事だから、いいです」

「なに？　断るのか？」

ユアンが思わずといった感じでサングラスをむしり取り、キッと睨んできたが、やはり眩しかったのだろう、すぐにかけ直した。

「俺がその気になったら、人探しなんて簡単だぞ。何日もかける必要はない。おまえは楽ができるし、家出娘の状況は把握できるしで、一石二鳥だろうが」

ユアンは外国人のくせに四字熟語なんて知っているんだ、と弘斗はすこしずれたところで感心した。

「もしかして家出娘は不当に働かされているかもしれない。身元保証のない未成年を雇うなんて、碌なところじゃないぞ。はやく助け出さないとまずいかもと、思わないのか」

「それは思っています。でも……やっぱり、これは俺の仕事だから……」

咲月を早く見つけてあげたい、家に戻してあげたいという気持ちは強いが、だからといってホストとしての仕事もあるユアンに手伝ってもらうのは気が引ける。ユアンの腕っぷしが強くて、歌舞伎町を知りつくしているのはわかるが——。

「俺、叔父にすごく世話になっているんです。だから、叔父の役に立ちたい。できるなら、自分一人でやりたいんです。まだまだ半人前だけど、それでも頑張っているんだって、叔父に示したい。俺、両親がもういなくて、叔父しか頼れる人がいないんです。叔父のこと、昔から大好きだし……」

弘斗はなんとかユアンにわかってもらいたくて、拙《つたな》いながらも心情を語った。

ユアンがため息をつく。

「おまえ……俺がわざわざ真っ昼間にこんな格好をしてまで外に出てきて、親切にも手伝ってやるって言っているのに、断るのか」

「えっ、偶然じゃなかったんですか」

「偶然なわけがあるかっ」

ユアンがガァッと吠《ほ》えたので、弘斗は目を丸くした。

「俺はこんなしょぼい住宅街に住んでいない！」

「あ、そっか……そうですよね………」

ユアンはきっと高層マンションの豪華な部屋で優雅な生活を送っているにちがいない。ちいさな一戸建てが密集していて、児童公園がぽつぽつと作られているていどの庶民的な地域には生息していなさそうだ。

「じゃあ、わざわざ俺に会うために、ここまで来てくれたんですか？」

犬の散歩代行をしている弘斗を、ユアンはどうやって見つけたのだろうか、という疑問が湧いたが、リードを持っていない方の手をいきなり握られてぎょっとした。ユアンは片手だけ手袋を外して、弘斗の手をぎゅっと握る。

「よし、まだ清純なままだな。まぁ、昨日の今日で、いきなり汚れることはないだろうが」

「なんのこと？」

「おまえは知らなくていい、俺の都合《つごう》だ」

手を握ったまま、ユアンはしばし無言になった。いったいどうしたんだろう。足元でおとなしくしているマロンを見下ろすと、あいかわらずユアンを警戒の目で睨んでいる。吠えるでもなくすり寄っていくわけでもないマロンの態度は、微妙すぎて不可解だ。

「弘斗……」

ユアンは手を握ってきたときと同様に、不意にぱっと離してきた。

「一人でやりたいなら、まあ、やればいい。だが、昨日のようにケガをするのは許さん。無駄に血を流してエナジーを浪費《ろうひ》するな。もったいないから」

「は？」

「そして心身ともに汚れるような行為は慎《つつし》め。具体的に言うと、ドラッグとセックスだ。どちらも禁止する。やったら最悪だ。わかったな」

「はあ？」

なぜ一方的に禁止事項を作っているのか。禁じられなくともドラッグなんて絶対にやらない。セックスは、寂しいことだが、いまのところ機会はないだろう。いったいなんなんだ。なんちゃってと冗談にしそうな雰囲気ではなく、ユアンは厳しい口調でさらに言った。

「叔父とやらのことを、どれだけ好きでもかまわないが、肉親の情を越えるな」

「……どういう意味？」

「あの男とセックスするな」

「するわけないですっ！」

どうしてそんな発想になる。稲葉のことは好きだが、そういう種類の好きではない。

例えば昨夜のようなユアンとのキスを稲葉としてみろと言われても絶対にできないし、嫌だ。そもそも稲葉が断固として拒否するだろう。想像だけでも気持ち悪い。

「男同士じゃないですかっ」

「俺だって男だが、昨夜はキスされてうっとりしていたじゃないか」

そこを指摘されると弘斗は二の句が継げなくなる。事実だからだ。だからといって、だれとでもうっとりすると思われるのは心外だ。昨夜は相手がユアンで、超絶テクニックを披露《ひろう》されたから、あんなふうに腰砕けみたいになったのだと思う。

「さ、昨夜のことは、ユアンが悪いんじゃないですか……」

生々《なまなま》しい舌の感触が口の中に蘇ってきてしまいそうで、弘斗は慌てて首をぶんぶんと左右に振る。

「俺だけのせいにするな。おまえは拒絶しなかった」

「しましたよ。しましたけど、その、かなわなかったんです……」

弘斗なりに抵抗したつもりだ。すぐに気持ちよくなって、わけがわからなくなって、体から力が抜けてしまった。結局はなすがままになったわけだ。

「とにかく、おまえはだれにも体を与えるな。ドラッグの誘惑にも負けるな。そして、これも重要だ。ニンニクを食べるな」

「…………」

ついに食事にまで制限がかかるのかと、弘斗は唖然とするしかない。この黒ずくめの男は、いったいなにを考えているのか。

「できればネギも摂取《せっしゅ》するな。いいか、ニンニクとネギだ。わかったな」

ぴしっと弘斗に指をつきつけて、ユアンは踵を返した。日傘をさして早足で去っていく後ろ姿を、弘斗は茫然と見送った。

† † †

日が暮れていく西の空を、ユアンは自宅マンションの窓から眺めていた。もう夏はすぐそこまで来ている。夏は嫌いだ。日が長い。太陽が苦手なユアンにとって、日本の夏はものすごく過ごしにくい季節だった。だが昼間は室内にこもって冷房をつけ、日光を避け、太陽が沈んでから出かければ問題はない。電気代に困らない収入があれば、なんとかやりすごすことができる。

ユアンは歌舞伎町にほど近い高層マンションに住んでいる。きらびやかな夜景は気に入っているし、職場にも近いので便利だ。

ユアンはいつもよりかなり早めに出かける支度をしていた。このあいだ勝手に店を早退してしまったので、しばらくはおとなしくホスト業をこなそうと決めている。だからなにかをしようとすると、仕事の前に片付けなければならない。

とろみのある黒いシャツを羽織《はお》り、手首にはダイヤが埋まったロレックスをはめる。その時計で時間を確認し、マンションを出た。歌舞伎町に向かう。

目的は自分が勤める店ではない。多賀咲月という家出娘の捜索だ。

どうして俺がこんなことをしなければならない——と、納得できていないが、仕方がない。ぼんくら弘斗に任せていたら、一カ月あってもきっと発見できないだろう。そうなると、ユアンは心配でならない。

だからわざわざ昼間に、ユアンは弘斗に会いに行った。日光を避けるためにどこの女優だと疑われるほどの完全防備で、のこのこと出かけていったのだ。捜索に協力してやると言えば、弘斗は喜んで飛びついてくると思っていた。

ところが、弘斗は断ってきた。想定外のことに、ユアンはしばし茫然とした。探偵事務所の窓からちらりと見た、あの薄汚い男は叔父で、あいつのために自分で仕事を全《まっと》うしたいと主張した。

この俺様が、ユアン様が、わざわざ出かけて行って、協力してやると言っているのに、断るとは何事か。こんなこと百年に一度くらいしかないんだぞと、怒鳴《どな》りそうになった。

だが弘斗の決意は固そうだったし、なにより犬の散歩代行という仕事中だった。ユアンにとってはなんの価値もない小動物の世話だが、弘斗には大切な仕事らしい。あまり長いこと中断させてはまずいだろう。それにユアンも長時間の外出は控えたかった。

だからわりとあっさり引いてきたのだが、しばらく考えて、やっぱり気になってたまらないのでどうにかしようという結論に至った。何度手伝うと言っても、弘斗は一人でやると言い張るだろう。だからユアンが勝手に調べて家出娘の情報を掴み、それを弘斗に「小耳に挟んだ」とか言って提供するという形ならいいのではないかと思った。

だからどうして俺様がそんな面倒くさいことをしなければならないんだ、とムカつくが、もう本当にどうしようもないことなので、葛藤《かっとう》には一時的に蓋《ふた》をして、とりあえず店がはじまる前に外へ出ていくことにしたのだ。

もう十年もこの町でホストをしているユアンにとって、歌舞伎町は庭のようなものだ。弘斗と出会ったあたりは除外していい。聞き込みに成果がなかったのなら、多賀咲月という娘はその付近にはいないのだろう。となると、それ以外の場所で、未成年の家出娘を平気で雇うような店があるあたりは、おのずと限られてくる。

弘斗は多賀咲月が働いている店を、どういった類のところだと考えていたのだろうか。

ユアンはキャバクラだと思っている。それも、あまり評判のよろしくない店だ。もしかしたら風俗店かもしれない。ユアンはそちらへ足を向けて、五感を研ぎ澄ませた。

多賀咲月本人の声も匂いも知らないので、それを辿《たど》ることはできない。

十中八九、源氏名《げんじな》を使っているだろうが、本名とかけ離れた名前をつける女は少ないだろうし、だれかの会話の切れはしからでもヒントを得られればいい。もう長引かせたくない。とっとと多賀咲月を見つけて、弘斗の人探しの仕事を終わらせたい。それだけだ。

家出中、まだ十七歳、親は真剣に心配している、本人も帰りたいかもしれない——そのあたりの会話が拾えないだろうか。

『昨日の客、最悪。ケチのくせにべたべた触ってきて』

『今度お給料が出たら、あのバッグがほしい』

『このリップの色、どう？　こっちの方がいいかな』

　さまざまな女たちの声が聞こえてくる。

『………もういや………』

　研ぎ澄ました耳に、若い女の涙まじりの声がかすかに聞こえた。それを励ますような女の声も。ユアンはその方角へと早足で近づいていく。

『……逃げられない……』

『逆らったらひどい目にあう』

『いつまでこんなことをやればいいの』

『帰りたい』

　しだいにはっきりとした会話になっていくのは、その声の主に近づいている証拠だ。

　ユアンはやがてひとつのドアの前にたどり着いた。看板はない、裏口だった。ドアのすぐ横が、おそらく女たちの控室になっているのだろう。頑丈そうな鉄格子《てつごうし》がはまっている磨《す》りガラスの窓からは明かりが漏れている。防犯対策の鉄格子だろうが、中で交わされている会話を聞いてしまうと、彼女たちの逃亡防止のように見えてしまう。

薄暗くて狭い路地裏はゴミバケツが点在しており、あまり衛生《えいせい》的ではない飲食店にありがちな不快な匂いがたちこめていた。油の匂い、生ゴミと下水の匂い。五感が敏感なユアンにはきつかった。一刻も早く立ち去りたいが、確かめなければならない。

「ねえ、サキちゃん、あんまり泣くと目が腫《は》れるよ」

「うん、そうだね……。お化粧、直さないと……」

窓越しの会話に、ユアンは耳を傾ける。泣いている女はサキと呼ばれているようだ。

多賀咲月とサキ。響きは似ているが、はたしてどうだろう。

「サキちゃん、痩《や》せた？　このあたりの布地が余ってるみたい。ごはん、食べてる？」

「食欲ない。お酒で胃がやられているのかもしれない……」

「未成年にあんまり飲ませちゃだめだって店長に言っても、あいつ、売り上げ至上主義だからね。それよりも、アフターで疲れちゃってんじゃないの？」

「そのことは言わないで。思い出したくもないから」

「でも今日も予約が入ってんでしょ？　サキちゃん、売れっ子になっちゃったから」

「もうやだ……。こんなことするつもりじゃなかったのに……」

またサキが涙まじりの声になる。

「こんな店だって知ってたら、絶対に入らなかったよ、あたし」

「私だってそうだよ。ただのキャバクラだと思ってたから……。なにも知らずにのこのこ入っちゃった自分がバカだったたって、いまでは諦めているけどね。サキちゃんはまだ二カ月足らずだから、今が一番つらいかもね」

「もう帰りたい。家に帰りたい。汚れちゃったけど、あたしのこと、お母さんは許してくれるかな……」

　ぐずぐずとサキが泣いている。そこへ男の声が響いた。

「おい、いつまで喋ってんだ、もう店に出る時間だろ。とっとと行け」

　乱暴に女たちを追いたてる物音がして、控室は静かになった。ユアンはそっとその場を離れ、表側に回る。店名を確認してから、自分が勤務するホストクラブに向かった。

　従業員用の出入り口から中に入り、ユアンはすぐさま店長の如月を捉《つか》まえる。

「ちょっと聞きたいことがあるんだが」

「おまえが、俺に？　なんだよ」

　如月は意外そうな表情をしながらも、足を止めてくれた。

「ラブ・シンデレラっていうキャバクラ、知ってるか？」

「はぁ？　あそこに興味があるのか？　おまえが？」

　如月は目を丸くしてユアンをまじまじと見つめてくる。

「あの店を知っているんだな」

「まあ、知っているが……どうしてユアンが、あんなところに興味を抱いたのか、心境の変化というものを聞きたいね」

如月の言い方から、あのキャバクラが優良店ではないことが伝わってくる。

「俺が興味を抱いたら、まずいか？」

「まずいっていうか、あそこは売春斡旋《ばいしゅんあっせん》をしているっていう話だからな。アフターで客となにをしようが、この業界、あるていどは目をつぶるのが常識っていえば常識だが、あそこは店が斡旋して料金を設定しているっていう話だ。完全に商売に組みこんでいる。半分デリヘルのようなもんだ。女たちは借金させられて、否応《いやおう》もなく、すべてを管理されて客を取らされるみたいだから。暴力団が絡んでいるのは周知の事実だ」

「そうなのか？」

そういえばサキたちは、逃げられないだとか、逆らったらひどい目にあうとか言っていたな——。

「たぶん○○組系だ。下手に関わらない方がいい。女たちのレベルも低いから、キャバクラとしての評判もあまりよくないぞ。ただ、そういう店だとわかっていて好んで行く客もいるから、商売が成り立つわけだが」

「詳しいな。あんたもデリヘルの世話になっているのか」

ユアンが半分本気でそう言ってみたら、如月が鼻で笑った。

「俺はあんなところに世話にならなくても、女に困ったことなどない。おまえもそうだろう。だから、あの店に行ってみようなんて思うな。ユアンの格が落ちる」

自分の格などどうなってもいいが、女たちがあの精神状態で接客をしているとなると、評判通り、いい雰囲気は期待できそうにない店だ。

とりあえず、有力な情報ということで、弘斗に教えてみよう。あのサキが多賀咲月かどうかはわからないが、確かめる方法等は弘斗が叔父と相談すればいい。もし別人だったら、ユアンがまた出ていって探してみればいい。

「おい、行くなよ、あんな店」

「わかった」

如月が気遣わしげに何度も「行くな」と繰り返すのが鬱陶しくて、ユアンは邪険《じゃけん》に振り払った。携帯端末を取り出して、弘斗にメールを送る。家出娘の有力情報を手に入れたが、どうする？　ほしいか？　とエサをちらつかせるような文面にした。弘斗はどう反応するだろうか。

数分後、返信が届いた。

『ほしいです』

手伝われるのは嫌だが、情報提供の範囲内ならいいかもと、しばしの葛藤があったのだろうか。ユアンはすこし考えて、早い方がいいだろうと、いますぐ会えないかとメールを書いた。

「おい、ユアン、もう営業がはじまっているぞ。店に出ろよ」

如月に声をかけられて、ユアンはメールを書きなおした。いますぐ情報がほしければ、ホストクラブまで来いと。果たして弘斗はどう返してくるか。

返事が届くのには数分の間があった。指定された場所がホストクラブだからだろう。だがいまから場所を移してはいられないし、できるだけはやく弘斗に情報を与えたい。無駄にふらふらさせて、また危険な目に合わせたくなかった。

やがてメールが届く。

『行きます』

弘斗からの短いメールを目にして、ユアンはボーイを捉まえた。

† † †

ホストクラブなんて、一生、縁がないと思っていた。弘斗はぴかぴかの黒い扉を前に、ごくりと生唾を飲む。

客として店に入るわけではないのだから、そんなに緊張する必要はないのかもしれない。だがやはり、この中にはきっと異世界が広がっているのだろう。弘斗なんかが足を踏み入れていいものかどうか、どうしても躊躇いが生まれてしまう。

「でも、情報のためだから、行くしかないよな」

昼間、手伝いを断ったばかりなのに、ユアンは情報を集めてくれたのだろうか。弘斗としてはありがたいが、なんだか虫がよすぎる感じがして申し訳ない。ユアンはどう思っているだろう。弘斗を図々《ずうずう》しいヤツだと蔑《さげす》んでいないだろうか。

せめてもっといい服を着てくればよかった。弘斗はいつものようにパーカーとデニムというスタイルだ。これと似たような服しか持っていない。金も持っていない以上、服装はどうしようもないが、稲葉に相談すれば前借りさせてくれたかもしれない。いや、前借りは無理か。ユアンがいるホストクラブに行くなんて事情を説明したら、怒られるだけだ。

黒い扉に金色の文字で『GOLDEN NIGHT』と書かれている。それをついじっと見つめてしまった。どうしよう、ここまで来たけれど、情報はほしいけれど。

「君、この店になにか用?」

　唐突に背後から声をかけられて、弘斗はびくっと飛び上がってしまった。振り返ると、光沢のあるネイビーのスーツを着た茶髪の若者が、派手に髪を盛った若い女の肩を抱いて立っている。ホストとその客だろうか。

「あ、あの、あの……」

「もしかしてホスト希望?　店長にアポ取ってる?」

　ホストらしき若者は弘斗を邪険にはせず、笑顔で話しかけてくる。弘斗がビビッて脇に避けると、彼は黒い扉を開けた。扉の内側に立っていた蝶《ちょう》ネクタイの男に「この子が外に立ってたんだけど」と弘斗を指差す。ちょっとガタイのいい蝶ネクタイの男は、もしかして用心棒のような存在なのだろうか。じろりと睨まれてさらにビビッた弘斗を、無言で手招きした。

　入ってもいいということだろうか。弘斗が躊躇っているあいだに、茶髪の若者と派手な若い女の二人組はするりと中に入っていった。

「おまえ、もしかして弘斗か?」

　低音で訊ねられ、弘斗は頷いた。蝶ネクタイは「来い」と短く命じて踵を返す。弘斗は慌てついていった。

ホストクラブの内部は、まさに弘斗にとっては異世界だった。全体的に薄暗い。かといって陰気な感じはまったくなく、いたるところがキラキラしている。観葉植物や柱で区切られたテーブルのそれぞれに、女の人とホストがいて談笑していた。ホストが女の手を握って微笑みかけたり、女がホストにべったりとしなだれかかったりしている光景は、恋愛経験がないまっさらな童貞の弘斗には刺激が強すぎる。

店を横切っていく弘斗に気づいた客やホストが、びっくりした表情になっているのも見えて、小柄な体をますます縮こめなければならない。場違いという言葉を、弘斗はしみじみと感じた。

蝶ネクタイの男に案内されたのは、店の奥まった場所にある個室だった。五段ほどの階段を上がっていった場所にある、十畳くらいの広さの部屋に、ユアンが一人で座っていた。

「弘斗、来たな」

白いソファがガラスのローテーブルをぐるりと囲んでいて、十人以上が楽に座れそうな広さだ。弘斗を置いて蝶ネクタイの男は部屋を出ていった。立ち尽くしている弘斗に、ユアンが「こっちに来い」と指で招く。

ユアンは黒っぽいスーツを着ていて、細長いグラスを傾けていた。絵になる男というのは、ユアンのことだろう。嫌味にならないていどのゴールドのネックレスと指輪、手首に光る高価そうな腕時計。グラスの中はシャンパンなのか、細かな気泡がきらきらしている。

　グレードが高そうな内装もすべて、ユアンの引き立て役でしかないけれど、これほどに似合う男はほかにいない。思わず見惚《みと》れてしまった。

「そんなところに突っ立ったままじゃ、話ができないだろ」

　その通りだ。ぎくしゃくと手足を動かして、なんとか白いソファまでたどり着く。ユアンから一メートルほど空間をあけて、ちょんと浅く座った。

「情報ってなんですか？」

「おまえが探している家出娘候補がいる」

「候補？」

「本人かどうか未確認だ。どうする？　聞きたいか？」

「聞きたいです」

　ここまで来たからには情報をもらいたい。手伝いを断っておきながら図々しいと思われたら悲しいが、咲月を助けてあげたい、稲葉の役に立ちたいという想いは強かった。

　ユアンはグラスをテーブルに置き、弘斗に向き直る。緑色の宝石のような瞳がまっすぐに弘斗を見つめた。

「サキという源氏名のキャバクラ嬢がいる。この歌舞伎町内にある『ラブ・シンデレラ』という店名のキャバクラだ」

「サキ……ラブ・シンデレラ……」

「俺が小耳《こみみ》にはさんだのは、そのサキという女が未成年で、店に出てからまだ二カ月足らずだということ、家に帰りたいと同僚に話していること。そのくらいだ。おまえが探している家出娘かどうかは、客として店に行ってサキに会ってみればわかるんじゃないか」

「うん、そうですね。ありがとうございます」

これは確かめてみる価値はある、有力な情報だ。そのサキが多賀咲月本人ではなかったとしても、似通った状況にある娘にはちがいないだろう。事情を聞いて、力になれるようなら嬉しい。

「その店は、どのあたりにあるんですか？」

いますぐにでも店に行って、サキに会ってみたい。なかば腰を浮かした弘斗に、ユアンが渋い顔をした。

「おい、おまえが行くつもりか？」

「行きます」

「未成年なのに？　腕っぷしもからっきしなら碌に女あしらいもできないのに？　叔父だ

とかいう、事務所の所長に行ってもらえ。ラブ・シンデレラはバックに暴力団がついているっていう話だ。売春斡旋は周知の事実だとも聞いた。おまえなんかがのこのこ入店して、無事にすむとは思えない」

「えっ………」

暴力団？　売春斡旋？　とんでもない店だ。すぐにでもサキに会わなければ。

動揺しながらも立ち上がった弘斗を、ユアンが「おい、コラ」と呼び止める。

「いま俺が言ったことを聞いてなかったのか。叔父に行ってもらえとはっきり言っただろうっ」

「でも、叔父はいま忙しいから……」

「あと二、三日で終わりそうだとこのあいだ聞いたが、まだなのか。もう終わったころだと思っていたぞ」

「まだみたいです。さっき出かけて行って、朝まで戻れないかもって言っていたから……」

どうしよう、と弘斗はおろおろとその場で足踏みする。すぐにでもラブ・シンデレラに行きたい。だがユアンが指摘したとおり、弘斗が一人で行ってもまた面倒なことになるだけで、肝心《かんじん》のサキにすら会えないかもしれない。

もし、サキが咲月だったら、無理やり売春させられていることになる。一刻も早く助け出して、家に帰してあげたい。どれほど心に傷を負っているだろうか。

ユアンがため息をついて、ゆっくりとソファから立ち上がった。

「おまえ、どうしても今夜中に確かめに行きたいのか」

「行きたいです」

即答すると、ユアンはまた深々とため息をついた。右手を額にあてて、しばし考えこむ感じになる。弘斗にはユアンがなにを逡巡《しゅんじゅん》しているのかわからない。だがつい、ユアンを注視してしまう。

「弘斗」

つぎに弘斗を見たとき、ユアンがなにかを決めたのを感じた。

「俺も行こう」

「えっ？　どこへ？」

きょとんとしてしまった弘斗に、ユアンが苛立ったように「キャバクラだよ」と低く付け足す。一緒に行くかどうかを、ユアンは悩んでいたらしい。まさか行ってくれるとは思ってもいなかったから、弘斗は単純に嬉しく思った。

ただでさえキャバクラなんて一度も行ったことがない種類の店だし、そのラブ・シンデレラという店はあやしげなところだ。一人で行っても、咲月を確認することなどできなさそうだと、不安を感じていた。

「俺と一緒に行ってくれるの？」

「仕方がない……」

どうしてそんなに不本意そうな表情なのか不思議だが、一緒に行ってくれるのはまちがいないようだ。

わあ、と喜色《きしょく》を浮かべて両手でユアンの手をぎゅっと握る。よろしくね、の意味をこめて握手したら、ユアンが「そうだ」となにかを思いついたような目をした。握手を解かれてユアンを見上げた弘斗は、たくましい腕が自分の腰を抱き寄せるのを他人事のように見下ろす。

「ユアン？」

「補給させろ」

「なに……」

なんのことかと訊ねようと開いた口が、ユアンの唇に塞がれた。びっくりしている隙にユアンの舌が口腔に侵入してきて、このあいだのように縦横無尽《じゅうおうむじん》に弘斗をかき回した。逃げようにも、がっしりとした腕で胴体を拘束され、弘斗の非力ではびくともしない。

「ん、んんっ」

きつく舌を絡め取られて、背筋をぞくっとなにかが走った。これが快感だと、弘斗はもう知っている。路地裏でキスをされたとき、弘斗はユアンに無理やり教えられたからだ。

ユアンのおおきな手が弘斗の後頭部を固定してきた。もう身動きひとつできなくなる。舌を痛いほど吸われて、痺れたようになっているところを甘噛みされて、弘斗の全身から力が抜けていく。気持ちいい。うっとりと、なすがままになってしまう。

不意にユアンの舌がそのかすようにして弘斗の歯をなぞった。誘われるようにしてユアンの柔らかな舌に緩く歯を立てる。よくできました、とばかりにユアンが喉の奥で笑った。舌と唇で戯れるようなキスを長々としてから、そっと離れた。近すぎて目の焦点が合っていないのに、ユアンの美貌が素晴らしく輝いているのがわかる。

全身がくたくたの骨なしになってしまっている弘斗は、ユアンに甘えるようにしてもたれた。上気している頬にユアンがチュッとキスを落とした。それすらも感じて、「あっ」とちいさく声が漏れてしまう。

弘斗は性的な経験がいままでまったくなかった。キスすらユアンとがはじめてだ。だからほかの人間と比較ができないが、それでもわかることはある。ユアンはきっとキスが上手いのだ。だからこんなにメロメロにされてしまうのだ。

あとちょっとキスを続けていたら、弘斗はたぶん勃起《ぼっき》していた。恥ずかしい状態になって、居たたまれなくなっていただろう。かろうじて腰が疼くていどで留まっていた。

「補給完了」

ユアンがニヤリと笑って、弘斗を解放した。いつかの路地裏でのキスよりも、弘斗の足は萎《な》えていない。なんとか普通に歩けそうだが、頭の中はやはりぼうっとしている。なにか大切なことを考えなくちゃいけないような気がするのだが、思考回路が麻痺《まひ》したみたいになっていた。

「俺の言いつけを守っているみたいだな。ニンニクもネギも食べていない。体も清《きよ》らかなままだ」

「あ、うん………」

「よし、行こうか」

ユアンに手を引かれて個室を出ると、そこに男が立っていてドキッとした。きちんとスーツを着ているが会社員には見えないのは、派手な柄のネクタイとお揃いのポケットチーフのせいだろうか。稲葉よりも年上に見える男は、ユアンと弘斗を驚きの目で見ている。

「おい、ユアン。いつのまに宗旨《しゅうし》替えしたんだ」

「うるさい、黙れ」

「天下のユアンがＶＩＰルームで貧相なガキと乳繰《ちちく》り合うなんて……」

ギャーッと弘斗は声にならない叫びをあげる。見られていた？　この男に見られていたのか？　ドアは閉まっていたはずだけど…！

「覗き見してんじゃねぇよ」

ユアンがチッと舌打ちした。いったいこの男はだれなのか。聞きたいけれど聞く隙がない。

「べつに宗旨替えしたわけじゃない。こいつは特別なんだ」

「特別？　どういう意味だ、それは」

「いまからちょっと外に出てくる」

「は？　いまから？　営業時間中だぞ！」

「店外デートだ」

そうか、営業中に外へ出たらまずいのかとわかったが、弘斗はユアンに手を引かれてそのまま連れ出された。外に出ると、ムッとするほど湿度の高い夜の空気が体にまとわりつく。もう梅雨の時期だ。

「ユアン、いまの人は？」

「ウチの店長だ」

「えっ？　店長さん？　怒ってましたよ？　いいの？」

「いい。気にするな」

気にしないわけがない。弘斗はおろおろと来た道を振り返ったが、『GOLDEN NIGHT』は道行く人の向こうに見えなくなっていた。

「例の店はこっちだ」

雑踏をすいすいと泳ぐように歩いていくユアンに、弘斗は小走りでついていく。通り過ぎる人のすべてが、男女を問わず、ユアンの美貌に目を奪われていた。

その中にはユアンが何者なのか知っている人もいるようで、まるで偶然アイドルに出会ったファンのようにはしゃぐ女もいれば、気安く声をかけてくる女もいる。でも彼女たちは、ユアンの片手が弘斗に繋がれていることに気づいて、一様《いちよう》に怪訝そうな顔になる。

いったいこの少年は何者なんだと聞きたそうな女もいたが、ユアンは質問する隙を与えることなく、さっさと歩いていく。弘斗はそれについていくだけだ。

やがて稲葉が「足を踏み入れるな」と注意を促していた地域にさしかかった。どうやら問題のキャバクラはここにあるらしい。ユアンが一緒に来てくれて、本当によかったと弘斗は感謝した。ユアンは迷うことなく、「ラブ・シンデレラ」とネオンでぎらぎらと飾り立てた看板が掲げられている店へと入っていった。

初キャバクラ体験だ。ついさっき初ホストクラブ体験をしたばかりの弘斗は、かなりいっぱいいっぱいになっていた。

「わあ……」

広い店内は薄い壁や柱で区切られていて、ソファとテーブルが置かれている。二人か三人くらいしか座れない狭いスペースから、十人ほどが余裕で座れるような広めの場所までさまざまだ。

そこにきれいに着飾った薄着の若い女の子と男性客が座って楽しそうに喋っている。客の年齢はさまざまだが、スーツ姿の中年が多いように見えた。

きょろきょろしていると、ボーイが「いらっしゃいませ」と声をかけてきた。ユアンを見てびっくりした顔になっている。その連れである弘斗を見て、さらにびっくりしているのはどういう意味だろう。

「サキって子がいるって聞いたんだけど」

驚かれているのを無視してユアンがそう言うと、ボーイは頷いた。

「サキをご指名ですか。かしこまりました。席にご案内いたします」

店内は八割方の席が埋まっていた。空いている席に案内されて「少々、お待ちください」

とボーイは去っていった。

「やだぁ、もう、社長さんたらぁ」

すぐ近くの席から女の子のはしゃいだ声が聞こえてきて、弘斗はつい振り返ってしまう。

ノースリーブのシャツを着た女の子が胸の谷間を強調するようなポーズで男性客によりかかっている。スーツ姿の客は酒を飲みながらへらへらと笑っていた。

「ねぇ、ねぇ、ユアン、すごいですね。どこかの社長さんが来てるみたいですよ」

「バーカ、こういうところの女はだれにでもそう言うんだよ」

感心して小声でユアンにそう言ってみたら、呆れた口調で返された。

「そうなんですか？　へぇ…。女の子たち、あんな薄着で寒くないのかな。ここの中、わりと冷房がきいていますよね。まだ六月だっていうのに……」

「制服はないみたいだな。肌を露出《ろしゅつ》させる服装がここのルールなんじゃないのか？」

ユアンはあまり興味がなさそうに肩を竦める。

「でも体を冷やしたら健康によくないと思います。女の子なんだし」

「おまえが心配することじゃないだろ」

「それはそうですけど……」

「ここはオプションがある。その意味でも肌の露出は重要なんじゃないのか」

「ついさっき俺がもたらした情報が、もう頭から抜けているのか?」

「オプション?」

「あ、ああ、あれのことですか……」

売春斡旋という話を思い出し、弘斗は暗くなる。ではあのノースリーブのシャツの子も、客に体を売っているのだろうか——と思うと、かわいそうになってきた。

「ここに来ている客のすべてが、そういうサービスを求めているわけじゃないですよね」

「それはそうだろうが」

ユアンはぐるりと店内を見渡した。

「あまりいい雰囲気じゃないな」

「そう? 賑やかですよ」

「下品と表現したほうがしっくりくる感じだ」

ユアンは辛辣《しんらつ》だ。たしかにユアンのいたホストクラブに比べると、猥雑《わいざつ》な印象がある。女の子たちは明るい声で喋っているが、無理やり盛り上げている感じがしないでもない。

笑い声とタバコの匂い。露出過多な女の子たちがいる店に、ユアンとこうして来ていることがすごく不思議だった。弘斗はちらりとユアンを盗み見る。唇に視線が吸い寄せられた。あの唇に、さっきキスをされたのだ。ホストクラブの店長に宗旨替えしたのかと訊ねられたユアンは、「特別だ」と答えた。

特別——どきどきする響きのある言葉だ。弘斗はいつのまにかユアンの特別になっていたのだろうか。どんな特別なんだろう。あんなふうにキスをする特別といえば、ひとつしか思い浮かばない。

男同士なのに、という嫌悪感はなかった。思えば最初にキスされたときから、悪い感じはしていない。従妹に乗っかられたときは拒絶しか頭になかったけれど、ユアンにはなにをされても嫌だとは思えなかった——。これって、ただの憧れなんかじゃなくて、もしかして……。

「お待たせしました」

若い女の声に顔を上げると、派手なメイクをして髪を結っているキャバクラ嬢が二人、テーブルの前に立っていた。胸の谷間を強調するビスチェと、ひらひらしたフリル過多のミニスカートという出で立ちだ。

「カオリです」

「サキです」

二人はそれぞれ名乗り、サキがユアンの横に、カオリが弘斗の横に座った。胸だ。白くて丸い盛り上がりが目の前に来る。弘斗は目のやり場に困って俯《うつむ》いた。

「あの、『GOLDEN NIGHT』のユアンですよね？」

サキが確信をこめてユアンに訊ねている。ユアンが鷹揚《おうよう》に頷いた。

「わあ、本当にユアンなんだぁ。うれしいです」

サキはアイラインとマスカラでばっちりメイクした目を向けて、ユアンに笑顔をふりまいている。弘斗はそんなサキをじっと見たが、写真の多賀咲月とは似ても似つかないので戸惑った。

女の子が化粧でかなり変わることができるのはなんとなくわかっていても、髪の色を変えて濃いメイクをされたら、弘斗のような経験値の低い人間には判別がつかない。ユアンはゆったり構えてサキと会話しているので、もう任せるしかないだろう。

「ウチの店、はじめてですよね」

「こいつが一度来てみたいと言ったから」

ユアンはそつのない笑みを浮かべながら、弘斗を指差す。いきなり女の子たちに注目されて動揺した弘斗を、ユアンは意地の悪い笑みで眺めた。

「じゃあ、今夜は付き添いってこと？」

「まあ、そういうことかな」

ユアンが肯定すると、サキは胸を押しつけるようにして体を寄せ、なにやらこそこそと内緒話をしている。いったいなにを言っているのか、ものすごく気になった。さっそくサキが咲月なのかと探りを入れてくれているならうれしい。でも、サキが笑顔なので、そんな深刻な話をしているとは思えない。

だったらそんなにひっついて内緒話をする必要はないのに、と弘斗はイラついた。

ユアンはサキとカオリのために高価なウイスキーをボトルでオーダーした。弘斗にはコーラを頼んでくれる。ユアンがストレートでぐいぐいと飲んでいるのを、弘斗はストローでコーラをすすりながら眺めた。

「ユアンって、強いのね。すごーい」

サキがはしゃいだ声をあげて拍手する。カオリが自分たちもボトルの酒を飲んでもいいかとユアンに聞いた。親切にもユアンは水割りをつくってやっている。

「いただきまーす」

サキが多賀咲月なら未成年の高校生だ。酒なんか飲んでもいいのかと喉まで制止の声が出かかったが、弘斗はなんとかこらえた。カオリが事情を知らないとしたら、目の前で問い質すことはできない。人ちがいという可能性もある。

弘斗はユアンに目で問いかけた。どうなんですか、サキは多賀咲月なんですか、としきりに目配《めくば》せするが、それに気づいているのかいないのかユアンは優雅にグラスを傾けている。サキの剥き出しの肩に腕を回して引き寄せるような真似《まね》までした。

「わあ、すごーい」

続いてフルーツの盛り合わせがテーブルに届くと、サキとカオリは歓声をあげた。二人ははしゃぎ、フォークに刺したキウイを弘斗とユアンの口に運んでくれる。熟していないキウイは酸《す》っぱくて美味しくなかったが、弘斗はなんとか笑顔で食べた。

さすがホストをしているユアンは話術に長《た》けていて、サキとの会話が途切れることはなく楽しそうだ。だが弘斗の方はそうもいかない。サキの言動が気になるし、カオリの胸を直視しないように視線をそらしてばかりだから、会話はぜんぜん弾んでいなかった。そのうちカオリが白《しら》けていくのが手に取るようにわかる。

ユアンに助けを求めて視線を送るが、なんの反応もなかった。ユアンに構われないのが寂しくて、つらかった。もう帰りたい。

「いやーん、ユアンっておもしろいー」

「えー、その酔っ払いって、そのあとどうなったの？」

いつのまにかカオリもユアンの隣にいて、弘斗は放置されていた。ユアンは両手に花の状態だ。女の子を取られて悔しいとは思わない。ただ、ユアンが楽しそうなのがおもしろくなくて悲しかった。

一時間もしないうちにボトルは空になった。ほとんどユアンが消費したのだが、顔色はまったく変わっていない。口調にも乱れはなかった。もしかして、すごく強いのかもしれない。

「あ、いやん」

色っぽい声がして顔を上げれば、ユアンがカオリの首に触れていた。弘斗は唖然とする。なにをしているのだ、ユアンは。そんなふうに触る必要はまったくない。遊びに来たわけではないのに、ユアンは楽しんでしまっている。サキに会いに来たのだ。サキが咲月でなかったのなら、捜索は振り出しにもどる。早く探したい。ここでのんびり女の子遊びをしている場合ではないのに。いちゃいちゃしないでほしい。

弘斗がじっとりとした目で不機嫌を丸出しにして睨んだら、反応してきた。「どうだ、俺様のテクは」といったドヤ顔を返してくるから驚きだ。

なんてことだ、ムカつく、ムカつく。ものすっごく、ムカつく。

ぐっと唇を噛みしめて、その痛みに弘斗はハッと我に返った。自分はいま、なにに対して腹を立てているのだ？　サキの正体がわからないから？　それともユアンが見せつけるようにして女の子と楽しんでいるから？　後者だ。

ガーン……と、ショックを受けた。あきらかにいまの自分は仕事を忘れて怒っている。

咲月を家に帰してあげたくて頑張っていたのに、そのためにここまで来たのに、いったいなにをしているのか。こんなことなら、止められても一人で来ればよかった——。

弘斗は居たたまれなくなって席を立った。

「あの、俺……トイレに行きたいんですけど……」

カオリがおざなりに「あっちよ」と指をさした方へ、弘斗は逃げるように足早に歩いていった。途中、ボーイにもトイレの場所を聞いて、すんなりとたどり着く。立ち便器が二つと、個室が一つという狭い男性用トイレは無人だった。そんなに尿意はなかったが、気持ちを落ち着かせるために用を足した。手を洗って、ひとつ息をつく。洗面台の鏡にうつるのは、情けなく眉尻が下がった童顔。

こんな顔をした自分がユアンの特別のわけがない。ユアンはきっと、あの場ではそう言っただけで、本心ではなかったのだろう。真に受けて、女の子に嫉妬して、仕事を忘れるなんて最低だ。しっかりしろ。稲葉と咲月のために頑張るんだろ。

深呼吸してから、トイレを出た。席の近くまで戻ってくると、薄い壁越しにユアンとサキたちの会話が聞こえた。

「ねえ、ユアン……今日は自分の店に出なくてもいいの？」

「今日はいいんだ」

「だったら、今夜……あたしたちとアフターしない？」

カオリがねっとりとした声音で誘った。ただ店の外で食事をしようという意味ではないとわかる口調だ。弘斗は茫然と立ち尽くした。

「二人とも？　俺が一人で相手しろって？」

「あのユアンがそんな常識的なことを言うの？　あたしたちだって、ユアンの噂くらい知っているのよ」

どういう意味だ？　ユアンの噂ってなに？　二人も相手をするって、もしかして三人でエッチなことをするっていう……？　とんでもない展開に、弘斗は息を呑んだ。

「うーん、どうしようかな……」

あろうことかユアンは即座に断ることなく、迷っている。ＯＫしたら、ユアンは今夜、サキとカオリと三人で楽しむのだろうか。そんなのダメだと、すぐにでも席に飛びこんで交渉を台無しにしたい衝動にかられたが、ユアンがやりたいのなら、弘斗にとめる権利はなかった。断らないということは、きっとサキは咲月ではなかったのだろう。

返事を聞きたくなくて、弘斗は回れ右をしてトイレに戻った。ボーイに会うことなく、だれにも咎《とが》められずにまたトイレに入る。意味なく手を洗って、また洗面台の前にある鏡に自分をうつした。ちょっと目がおおきいだけの、なんのとりえもない十九歳の男が、そこにいる。サキやカオリと比べようもないほどに色気がなくて――いやいや、女の子と比べるのが、そもそものまちがいだから。

「もう、帰りたい……」

ユアンがあの二人とアフターの約束をして連れだって出ていくところを見送るのはいやだ。なにをするのもユアンの自由なら、それを見たくないと思うのも弘斗の自由のはずだ。トイレから出て、弘斗は裏口はないかなと、うろついた。正面の出入り口へ行こうとすると席の近くを通らなければならず、たぶんユアンに見つかる。

「こっちは、なんだろう……」

薄暗い廊下の突き当たりにドアがあった。「STAFF ONLY」という札がかかっていたが、弘斗はうっかり見落とした。

「あれ？」

そこは裏口ではなく、スチール製のロッカーと事務机が置かれた部屋だった。どう見ても従業員の仕事部屋兼更衣室だ。まちがえた、とわかったときには、もう遅い。

「おい、こんなところでなにをしている」

背後から低音で問われて、弘斗はびくっと振り返った。黒っぽいスーツの男が立っている。弘斗より十センチ以上は背が高く、固太《かたぶと》りのいかつい男は、胸に橋本《はしもと》と書かれたネームプレートをつけていた。肩書きは店長だ。

この店を任されている人物らしいが、橋本は弘斗を剣呑な目つきで見下ろしている。板についたその目は、なんとなくこの男が素人《しろうと》ではないと思わせた。この店の背後にあるという暴力団絡みの人間だろうかと、弘斗は震えながら想像した。

それにしても格好よくない男で、ユアンとおなじ人間とは思えないほどだ。オールバックにした髪はグリースの使いすぎか、原始の昔から生きているアノ生物に似てテカテカと気味悪く光っているし、歯並びが悪い。さらにつけ加えれば、短い足はガニ股で格好悪かった。

「すみません、まちがえました」

「ああ？　まちがえただと？　つまんねぇ言い訳をしてんじゃねぇよ。スタッフオンリーってドアにあっただろうが。わかっててここに入ったんだろ」

橋本がずいっと距離を縮めてくる。弘斗は青くなりながら後ずさりし、スチールデスクに腰をゴンとぶつけてよろめいた。

「どこのだれに頼まれてここに潜《もぐ》りこんだ？　あ？　素直に白状すれば、痛い目にあわなくてもすむぜ」

「いえ、その、本当にまちがえたんです。ただの客です。さっきまで女の子たちと一緒にいました。裏口を探していて……」

「裏口？　裏口なんか探してどうすんだよ。料金払わずにバックレるつもりだったのかよ」

「ちがいますっ」

「舐めんな、このガキがっ」

橋本が拳を振り上げてきた。ひぃと悲鳴をあげながら弘斗は避けたが、頬をかすった。

その拍子にバランスを崩してパイプ椅子をなぎ倒してしまう。派手な音とともに床に転がった。カシャンと軽い金属音が聞こえて、そちらに目を向けると、デスクの下に携帯端末が落ちている。弘斗のものだ。倒れたときにポケットから落ちたのだろうと、慌てて拾う。どうしよう、どうやってここを切りぬけようと焦った。

そこへ救世主が現れた。

「失礼しますよー」

ノックとともにドアが開いて、ユアンが姿を現したのだ。尻もちをついている弘斗を見つけて、しかめっ面になっている。また呆れられたと悲しい気持ちになるが、いまはそれどころではない。

橋本がユアンをじろじろと見て、不審そうにしている。

「おまえ、なんだ？」

「俺の連れがこんなところにまで入りこんじゃったみたいですみません」

「あんたの連れ？　このガキが？」

橋本はユアンと弘斗を見比べている。ユアンの顔を、橋本は知っているのだろうか。知っていても知らなくても、二人の関係性を疑っている視線だった。ここで弘斗が探偵事務所の調査員だとバレたら、すんなり帰してもらえなくなるだろうことは、さすがに想像できる。弘斗は黙っていた。

「社会見学の一環として、連れてきたんですよ。トイレの帰りに迷い込んだみたいで」

「トイレの帰り？　そんなバカなことがあるか！　こいつは裏口を探していたと言ったぞ！」

「裏口？」

じろっとユアンに睨まれて、弘斗は顔を逸らした。こっそりひとりで帰ろうとしたことがバレてしまった。

「あの、あの、本当にまちがえただけなんです。すみません。ごめんなさい」

精一杯の謝罪をこめて、弘斗はぺこぺことコメツキバッタのように頭を下げた。

「あー……本当にまちがえだけみたいなんで、勘弁《かんべん》してください」

ユアンも一緒になって謝罪してくれる。橋本はそれ以上なにも言わなかったが、すごい目で睨んでいた。怖い。

「お邪魔しました」

ユアンに連れられて、部屋を出ていこうとしたときだった。ホッとしたとたんに「おい」と橋本が声をかけてくるものだから、弘斗の肩がびくりと震える。

「おまえ、名前はなんてんだ？」

「つ、筒井、弘斗ですっ」

問われるままに、つるっとフルネームを答えてしまっていた。無表情になったユアンが強い力で弘斗の腕を引いてくる。ほとんど引きずられるようにして廊下に出た。

† † †

「おまえ、ビビるにもほどがあるだろ」

「えっ？」

ため息をつきながら、ユアンは弘斗の唇の端を指で拭《ぬぐ》う。

「また殴られやがって」

「あ、血が出てました？」

「出てるよ」

まだ新しい血からは、芳しい匂いがした。もったいないのでぺろりと舐めると、芳醇でありながら清冽《せいれつ》な味が口腔いっぱいに広がる。いま弘斗にくちづけたら、きっと血が混じった唾液がたまらなく美味いだろう。その味を知っているがゆえの強烈な欲望がぐらりと理性を揺らがしたが、いまはそんなことをしている場合ではないと踏みとどまる。

「ユアンって、血液フェチなんですか？」

訝しげに弘斗がそんな名称をつけてきた。由緒正しいモンスターである吸血鬼を血液フェチなどと、けしからん。こいつはつくづくアホだ。きっちり訂正したいが、それこそこんな場所でやっている場合ではない。とにかく出よう。

そのまま弘斗の腕を掴んで店の出口へと向かった。

「あ、あれ？　サキちゃんとカオリちゃんは……」

「黙れ」

通りすがりのボーイをつかまえて、ユアンは札入れから万札をごっそりと抜いて渡した。

「これで足りるだろ」

「うわっ」

弘斗が隣で驚いた声を上げたが無視する。釣りを受け取ることなくキャバクラを出た。

ラブ・シンデレラの看板が見えなくなるところまで歩いて、ひとつ息をつく。弘斗も緊張を解いたらしく、「あの…」と斜め下から見上げてきた。

「いつも現金払いなんですか？　ユアンのことだからブラックカードとか持っているのかと思ってました」

「……カードは好きじゃない」

ユアンはどこへ行っても現金払いだ。身元を偽ることは可能なのでクレジットカードを作ることはできるが、そもそも三百年前にはそんなものの存在していなかった。高価なものはほとんど客からのプレゼントなので自分で買うことはないし、外食に必要な金額なんてしれている。今夜は五十万ほど持っていたので、それを出しただけだ。

「あの、ユアン、さっきの支払いなんだけど、俺の分って……」

「おまえから金をもらおうなんて思っちゃいない」

「でも、あんなにお金がかかるものだとは思わなかったから……」

「高い酒を飲んでフルーツの盛り合わせをオーダーすれば、料金設定が安い店でも、だいたいは金がかかる。あそこは安くはないが――そもそも、おまえはコーラしか飲んでいないだろ。たいして金はかかっていない」

最初から弘斗に出させるつもりはなかった。もしかしたら調査費として請求できるのかもしれないが、そんなセコイことをユアンたるものができるわけがない。プライドからそう言ったのだが、弘斗はじっとりとした目で睨んでくる。

「……そうですね、楽しんでいたのはユアンだけだから、ユアンが払えばいいんですよね」

「なんだ、その言い方は」

「女の子に挟まれて、ユアンってばへらへらしちゃって。そりゃカオリちゃんは胸がおおきかったですけど、あんなふうに腰に手を回さなくっても……俺に見せつけるみたいに」

弘斗は唇を尖らせて嫌味ったらしい口調で責めてくる。確かに、弘斗に見せつけるようにして女たちの機嫌をとっていた覚えがあるユアンは、言葉に詰まった。

「どうせ俺はまだガキですよ。ユアンに比べたら虫ケラみたいな存在ですよ。だからって、あんなふうに人前で俺をバカにしてなくてもいいじゃないですか！」

「べつにバカにしたつもりはない」

「いいえ、バカにしてました。サキちゃんと内緒話なんかしていたじゃないですか。どうせ俺のこと貶《けな》して笑ってたんでしょう」

「それは被害妄想ってもんだ。サキは俺だけに、また指名してくれるなら特別なサービスをしてもいいと言ってきただけだ」

「特別なサービス？　なんですか、それっ」

完全に拗ねてしまっている弘斗を前に、ユアンは困惑した。どう言えば弘斗は機嫌を直してくれるだろうか。女を侍《はべ》らせての遊びなんか百万年早いんだよ、二度とこんなところに来ようと思うなよ、という意味をこめてわざとサキとカオリに笑顔を振りまいて楽しませてやっていたのだが、キャバクラでの遊び方をやってみせただけだと言えばいいだろうか、それとも不慣れな弘斗をフォローしていたつもりだったと言えば——とぐるぐる考えていて、はたと我に返る。

どうして自分が弘斗の機嫌を取らなければならないのだ。せっかく仕事をサボってまでキャバクラに連れて行ってやったのに、感謝の言葉もないとは、なんたる恩知らず。童貞のくせに一人前の男扱いしろなどと、百万年早いわ。

「おい、弘斗、いい加減にしろ」

低い声でぴしりと叱ると、弘斗はぎくっと肩を揺らした。

「自分がとんでもないヘマをしたっていう自覚はないのか。まずはそれを俺に謝れ」

「えっ……？」

「トイレに行っただけなのに、どうしてあんな奥へと入りこんでいたんだ。しかも名前を聞かれて本名をするっと答えるなんて、アホ丸出しだ！　おまえはいったいどういう教育を受けてきたんだ。おまえの叔父はいったいなにをやっている？　こういう調査をさせるなら、基本的な教育ってものがあるだろう！」

「あ、え、う……」

弘斗は戸惑ったように視線を泳がせている。ユアンの剣幕《けんまく》に、やっと失敗を自覚したらしい。遅いわ。

「そ、そうですね、俺……、名前……」

「俺自身はもう顔が売れちまっているからしかたがない。だがおまえは、ここでは無名だった。だが名乗ったせいで、あの店長はおまえを探そうと思えばできてしまうんだぞ。あそこは暴力団がついていると言っただろう。故意に店の奥まで入りこんだのかもしれないと疑われて調べられたら、探偵事務所がつきとめられるかもしれない。おまけに連れはホストのユアンだ。俺も仲間だと思われるだろう」

ユアン自身、弘斗の協力者だと知られても構わないが、そんな言い方をしてみた。すこしは慎重になれと注意を促したくて。

そもそも新宿で探偵事務所を開いている叔父とやらは、えげつない経験など山ほどしてきているだろう。ユアンもそうだ。伊達《だて》に三百年も生きていない。女をめぐっての刃傷《にんじょう》沙汰《ざた》など一度や二度ではなかった。いつだったか……二百年ほど前には、女を寝取られて激怒した男に猟銃《りょうじゅう》で山の中を追いかけ回された。あのときのことを思い出すと遠い目になってしまう。いまさらヤクザに目をつけられようが、ビビるユアンではない。

ところが、効果はてきめんすぎるほどにあった。弘斗がみるみる顔色を青くしていく。じわっと目が潤んできたのを見て、ユアンはげっと変な声を上げそうになった。

「ど、どうしよう、叔父さんに迷惑がかかるのかな…。ユアンにも、俺のせいでなにかとんでもない迷惑が……どうしよう、どうしようっ。さっきの人に、わざと迷い込んだわけじゃないんですって、言ってきます」

真剣に宣言して回れ右しようとした弘斗の首根っこを、ユアンは慌てて掴んだ。

「やめろ。そんなことはしなくていい」

「でも、でも……」

「いいから、余計なことはするな」

「でもっ」

「余計なことはするな！」

繰り返して余計なことの部分を強調すると、弘斗はしゅんと項垂れた。しかし納得しきれていないようで、ちらちらと店の方を振り返っている。

「おまえ、どうして裏口なんか探していたんだ。せっかく店まで付き合ってやった俺を置きざりにして、とっととひとりで帰ろうとしていたのか？」

「う……ごめんなさい……」

「俺は理由を聞いている」

「……ユアンが、女の子たちと楽しそうだったから……見ていたくなくて……」

思いがけない言い訳が飛びだしてきて、ユアンは言葉に詰まった。

それはあきらかに嫉妬だろう。弘斗はわかっていて口にしたのか？　ユアンに叱られるとでも思っているらしい弘斗は、項垂れている。

最悪なことに、ユアンは弘斗の子供っぽい嫉妬を鬱陶しいとは思えなかった。怒っている表情をキープしたいのに、なんだか顔がニヤけてきてしまう。空咳《からせき》をして、

「とりあえず、サキが多賀咲月だという報告をしろ」

優先すべきことを口にしたら、弘斗はハッと我に返ったようにユアンに詰め寄ってきた。

「サキちゃんは、多賀咲月さんだったんですか？」

「そうだ。まちがいない」

「写真と、ずいぶんちがっていたように見えましたけど……」

「おまえ、あのていどのメイクでごまかされるなよ。基本的な顔つきは化粧だけでは変えられない。骨格と目鼻の位置は、まちがいなく写真の顔と合致していた。数えきれないほどの女を手玉に取ってきた、ナンバーワンホストの俺を信じろよ」

ユアンが居丈高にそう言い切ると、弘斗はほとんど崇拝《すうはい》の目で見つめてきながら頷いた。

「信じます。ユアンを信じます」

だから単純になんでもかんでも信用するなと言うのに――。

いそいそとパーカーのポケットから携帯端末を取り出している弘斗を眺め、ユアンはおのれの不可解な言動にため息をつきたくなる。何度も助けたり、みずから協力する気になったり、女の汚れがつかないように忠告したり、ニンニクを食べないように命じたり……いったい自分はこのガキをどうしたいのか。

かつて、これほどまでにユアンが世話を焼いた男がいただろうか？　いや、いない。女ならいたかもしれないが、男は皆無《かいむ》だったとはっきり言える。どうして弘斗だけ、こんなことになってしまうのか。エナジーが極上だから放っておけないだけだ。清純さなど、放っておけば確実に汚れてしまう。もったいない。だから、お節介《せっかい》とわかっていても、こんなふうに手を貸してしまう。

それだけだ。絶対にそれだけだ！　と、自分に言い訳をするが、それだけではないことくらい、薄々は勘づいている。薄々……。だからといって、潔く認められるか、この俺が！

ユアンは夜空に吠えたくなる。

これ以上、この無自覚の魔性《ましょう》のガキにハマってしまわないように、距離を置かなければならない。天下のユアン様が、道を踏み外してなるものか。家出娘が見つかったわけだから、もう弘斗は夜の歌舞伎町をうろうろすることはなくなるだろう。今後は探偵事務所の叔父が、弘斗に危険な依頼を任せないようにすればいい。面倒だがユアンが一本電話を入れて、叔父に注意を促そう。よし、これで弘斗とはおさらばだ。

「うん、見つかったんだ、すごいでしょ」

携帯端末に向かって、弘斗が得意げに報告している声が聞こえ、ユアンはゆらりと振り返った。すごいでしょ、とは何事だ。すごいのはおまえじゃない。この俺だ。

「さっき確認してきたんだ。大丈夫、危ないことなんかしていないよ。ホントに危険はなかったんだって、大丈夫」

『本当に店まで行って確かめてきたのか？　一人で？』

叔父らしき男の声が聞こえる。ユアンの脅威《きょうい》の聴力は、はっきりと会話を拾うことができた。

「えっ…と、あのね、協力してくれる人がいて、一緒にキャバクラに行ってくれたんだ」

『そんな協力者がいたのか？　だれだ？』

「だれって……」

ユアンをちらりと見やり、弘斗が口ごもる。俺のことは告げるなという意味で、ユアンは人差し指を唇の前に立てた。ホストのユアンがなぜ弘斗を手助けしたのか、叔父が詮索してきたら面倒くさい。弘斗はちいさく頷いて、「ちょっとした知り合い」と答えた。

『……まあいい、詳しいことは明日、聞く。今日はもう帰っていいぞ』

「事務所に戻らなくてもいい？」

『もう遅いから、アパートに戻って風呂入って寝ろ。キャバクラなんか行って、疲れただろう。よくやったな』

「俺、ちゃんとできた？」

『できたできた。すげぇよ。おまえが、まさか家出娘の勤務先を突き止められるとは思ってもいなかった。これで俺の仕事が楽になる。あとは俺が依頼主の親と相談して、娘と接触する。ご苦労だったな』

叔父に褒められて、弘斗は蕩《とろ》けるような笑顔になった。よほど嬉しいのか、涙ぐんでまでいる。弘斗は、叔父には世話になっているから役に立ちたいと言っていた。弘斗の働きのおかげで楽になるなどと言われたら、感激だろう。

高揚している弘斗とは反対に、ユアンの機嫌は急降下していった。家出娘の候補を探しだしたのも、それが確認できたのも、ユアンのおかげなのに弘斗はいま忘れているようだ。

この瞬間、弘斗の頭の中は叔父でいっぱいだろう。ユアンのことなど欠片も考えていないはずだ。おもしろくない。まったくおもしろくない。ぜんぜん笑えない。このクソガキ。おまえは、ぽうっとした目で俺様だけを見つめていればいいんだ。その極上のエナジーを、俺様のためだけに維持していけばいいのだ。

「それじゃあね」

弘斗が頬を上気させながら携帯端末の通話を切った。さて、という感じでユアンを振りかえり、驚いたように目をぱちぱちと瞬いている。それもそうだろう、ユアンは不機嫌丸出しの仏頂面《ぶっちょうづら》になっていた。

「あ、あの、ユアン？　どうしたの？　なにか怒っているの？」

「べつに怒っちゃいない」

「そう？　でも、なんか……空気が重いんですけど……。それに、顔が怖い……」

「弘斗」

「はい？」

「俺に感謝しているか？」

「あ、はい、それはもう、このうえなく感謝しています。ありがとうございました。すごく助かりました」

にこっと太陽のように明るい笑顔が帰ってきて、ユアンはわずかに気分が良くなった。

だがほんのわずかだ。

「感謝しているなら、態度で示してもらおうか」

「態度？」

「以前、情報提供したら『なんでもやる』と言っただろう」

「あ、はい、言いました」

はっきりと頷いてしまう弘斗は本当になにも考えていないとしか思えない。この世は性《せい》善説《ぜんせつ》ではできていないんだぞと、説教したくなった。

それにこのあいだ、ユアンに「礼」と称してキスを奪われたことを忘れているらしい。とんでもない鳥並みの記憶力だ。腹が立つ。苛々する。このユアン様のキスを忘れるとはけしからん。

「俺についてこい」

「どこに行くんですか?」

弘斗の腕を掴み、ユアンは歩きはじめた。大幅で歩くと、弘斗は小走りになる。どこへ行くのか疑問に思いながらも、弘斗はユアンに全幅《ぜんぷく》の信頼を置いているようで、とくに行き先を追及《ついきゅう》してはこない。おおきな瞳をきょとんとさせて、ちょこちょことついてくる弘斗の様子が、たまらなく、その、なんというか……ああぁぁぁぁ、もう! かわいいじゃないか! くそ!

どうしてこの俺がと嘆いても仕方がない。美少年でもない平凡を絵に描いたような、無害すぎてアホすぎる弘斗を、かわいいと思ってしまっている時点でもうお終《しま》いだ。

だれにも汚されたくない、自分だけのものにしたい、守ってやらないといけないなんて、この三百年、同性の男どころか女にだってそこまで深い情を傾けたことなどなかった。きっかけが極上エナジーの持ち主だったことだとしても、それだけでこんな気持ちにはならなかっただろう。ユアン自身も知らなかったが、じつはこういう手のかかるタイプがツボだったのかもしれない。

ユアンは通りに出ると、タクシーを拾った。弘斗を押しこめて、自分も乗る。運転手に告げた住所は、ユアンの自宅マンションだった。

なんと、ユアンは衝動的に弘斗をお持ち帰りしてしまったのだった。

† † †

弘斗がユアンに連れていかれたのは、歌舞伎町にほど近い高層マンションだった。

おおきな窓の向こうに宝石箱をひっくり返したような新宿の夜景が広がっている。こんな光景を個人宅から眺められるなんてありなのか……と、弘斗は茫然とした。ぽかんと開けたままの口が戻らない。窓際に立ち尽くす弘斗に、ユアンが「おい」と声をかけてきた。

「すごい眺めですね。びっくり。ここって分譲ですか？　賃貸？　どっちにしても高そう。さすがナンバーワンホストですね」

純粋に感嘆したのだが、ユアンは眉間に皺を寄せている。ぴりぴりした空気を醸《かも》し出されて、弘斗は自分がなにかをまちがえたらしいと気づいた。

「あ、あの、ユアン…？」

「おまえ、どうしてここに連れてこられたのか、意味がわかっていないのか？」

「意味？　えー…と、情報提供のお礼として、俺が家事を代行するためです」

「俺はべつに家事を代行しろなんて頼んでいないぞ」

「えっ……じゃあ、なにをしろと？」

たしかに部屋の中はきれいで、掃除をする必要はなさそうだし、ペットは飼っていないようだ。てっきり家事かペットの世話を任されるのだろうと思いこんでいたから、それ以外の発想がない。

「おまえは、俺と二回もキスをした。覚えているか」

「あ、はい、それは……」

思い出すとカーッと顔面から火を噴きそうになるくらい熱くなる。

忘れるわけがない。一回目は数日前に路地裏でされて、二回目は今夜、ホストクラブでされたばかりだ。いきなり舌を絡めるようなキスをされてとろとろになってしまった。特別だと言われて浮かれてしまい、結局あれは言葉の綾だったと気づいて落ちこんだ。今夜だけで上がったり下がったり忙しい弘斗だ。

なのに、ここにきて「覚えているか」なんて問われてしまった。弘斗は困惑しておろおろと視線をさ迷わせる。上から睨み下ろしてきているユアンは、怒っているようだ。なにに対して怒っているのか、わからない。弘斗がヘマをしたのだと思うが、どれについてだろうか。今夜だけでもいろいろと失敗をやらかしてしまったことはわかっている。

「あの………ご、ごめんなさい……？」

とりあえず謝ってみた。ユアンがカッと緑色の目を見開く。

「なぜ謝る。しかも疑問形。おまえはバカか！」

「ごめんなさいっ」

いきなり怒鳴られて、弘斗はひいっと悲鳴を上げながら体を竦ませた。ぐいっと間合いを詰めてきたユアンに押されるようにして、弘斗はじりっと後ずさりする。

「俺は覚えているかと聞いただけだ。まさか忘れたのか？」

「お、覚えています、もちろん」

「だったらそう答えろ。忘れたのかと思うだろうが！」

「ごめんなさいぃ」

背中に窓ガラスが当たり、追い詰められた弘斗は涙目になる。ユアンが怒っている。弘斗が怒らせたのだ。どうすればいいのだろうか。なにをすればユアンは機嫌を直してくれるだろうか。ユアンに怒られたくない。嫌われたくない。いろいろと失敗をやらかして呆れられてはいるだろうが、嫌われるのだけは避けたかった。

「おい、さっきキャバクラの店長に殴られただろう。口の中、見せてみろ」

顎を取られて「ほら」と促される。弘斗は戸惑いながら口を開いた。ユアンが口腔を覗きこんでくる。至近距離にある煌びやかな容貌に耐えられなくて、弘斗は目を閉じた。

ユアンの吐息が顔にかかる。かすかにアルコール臭がするのは、キャバクラでウイスキーをボトル一本空けたからだろう――と、弘斗はハッとした。

そうだ、ユアンはかなり飲んでいる。ぜんぜん顔には出ていないが、もしかして酔っているのではないか？　だからいきなり自宅に弘斗を連れてきたり、いつもとちがう様子だったりするのではないか？

「ユアン、あの……」

酔っているのかと聞こうとして目を開けたら、鼻先が触れるほど近くに美貌があって絶句した。緑色の瞳がきらきらしている。きらきらしすぎて、弘斗はくらくらした。

「おい、弘斗」

「は、はひ……」

「おまえ、なんかつけてるか？」

質問の意味がわからない。つけるとは、なにを？

「だから香水だよ。生意気にも、なんかつけてるのか？」

「そんなもの、つ、つけてるわけ、ありませんっ」

「だよな」

はぁ、とユアンがため息をつき、弘斗の肩に頭をごとりと落としてきた。まるで覆いかぶさるような体勢に、弘斗は硬直して動けない。

「おまえ、マジでいい匂いがするんだよ……」

「えっ？　そうなんですか？」

「困るんだよ、もう。どうしてくれんだよ、この俺が、俺様がこんなチンケなガキによろめくなんて、あり得ないだろうが！」

耳元で怒鳴られて弘斗はキーンとなった。内容がよく聞き取れなかったが、ユアンが苛立っているのはよく理解できた。殴られるのかも、と身を竦めた瞬間、ちくしょう、と呻きながらユアンが弘斗を抱きしめてきた。ぎゅうぎゅうと痛いほどに抱きしめられて、弘斗は肺が潰されるかと思うほどに息ができなくて苦しい。

「え？　ユアン？　あの、ユアン？」

「いいから、黙ってろ」

「はい……」

いったいこれはどういう意味なのかと疑問がいっぱい頭の中で渦を巻いている。ユアンが黙っていろと命じるからなにも質問できない。弘斗はじっとしているしかなかったが、心臓は勝手に鼓動を速め、頬は紅潮した。

抱きしめられている。ユアンに、痛いくらいに強く抱きしめられている。しかも、ここはユアンの自宅だ。たとえ酔っ払ったすえの奇行《きこう》だとしても、ぜんぜん嫌だとは思えない。むしろ――胸が高鳴ってきた。

ヤバい。まずい。密着しているから弘斗がとんでもなくドキドキしていることが伝わってしまう。ユアンは男で、自分も男だけど、ドキドキするのは止めようがない。

ユアンの広い胸にぎゅっと抱きすくめられると、興奮するのとおなじくらい、とても安心できる。すこしくらいもたれてもびくともしない頼もしさに、縋りついてしまいたくなるほどで――。またキスされたら……こんどこそ身も心も昇天《しょうてん》してしまうかもしれない。

さっきキャバクラでわかりかけた自分の感情。ユアンへの気持ちはただの憧れではないそれ以上のもので、もしかしたら、恋愛感情ではないかと。

「弘斗……」

「は、はいっ」

声がひっくり返ってしまった。顎に指がかかり、くいっと上を向かされる。あっと思ったときには、唇を奪われていた。

通算三度目のくちづけは、貪るような激しさだった。滑らかに動くユアンの舌が、口腔を舐め回してくる。呻き声ごと奪う勢いで唾液をすすられた。背筋がぞくぞくするほど感じる。閉じたまぶたの裏がチカチカした。足が萎えてしまいそうで、弘斗はユアンのシャツにしがみついた。気持ちいい。心がふわふわと浮いてしまいそうなほど、ユアンの舌は快感と幸福感を生みだす。

「ん、ん、ん……っ」

舌で舌をくすぐられるようにされて、弘斗は夢中でそれに応えた。体がどんどん熱くなってくる。まずいと思ったときにはもう、股間が熱を孕《はら》んでしまい、痛いほどに猛っていた。不意にユアンの膝が弘斗の足の間を割る。デニムの下で固くなっているそこをぐいっと大腿で押されて、弘斗はくぐもった悲鳴を上げた。

もがくようにしてユアンのくちづけから逃れ、弘斗は股間を守ろうとなんとか両手でガードしようとした。だがユアンの大腿は容赦なくそこを押し上げてくる。痛いほどの刺激に眩むような快感が湧きあがり、弘斗は真っ赤になった。

キスだけで勃起してしまうなんて、恥ずかしくてたまらない。ユアンになんと言ってからかわれるかと思うと、すぐにでも逃げ帰りたくなる。

「やめ、やめてくださいぃ」

「どうして？」

「痛いから……」

「気持ちいいんじゃないのか？」

バレてる。ユアンに意地悪く刺激されてますます固くなっているのだから当たり前か。

「ほら、濡れてきたんじゃないか？」

ユアンが指摘するとおり、下着の中で弘斗のそれはぬるりと滑った。もう先走りがあふれているのかと、弘斗は絶望的な気分になる。なにせ他人に刺激を与えられたのははじめてなのだ。加減しながらの自慰《じい》とはまるでちがう種類の快感に、弘斗はなすすべもない。

「勃起してこのサイズって、日本人としてどうなんだ？」

「知らない……」

ユアンはとことん意地悪だ。まるでおおきさを確かめるように大腿で左右に揺すってくる。

下着を巻きこむようにぐりぐりと嬲《なぶ》られて一気に射精感が高まり、弘斗は全身を強張らせた。半泣きで「やめて」と叫ぶ。

「やめてください、ホントに、だめ、それ……」

「なんだよ、もう限界か？　早いな。どうなってんだよ、おまえのそれは」

ユアンがなにを思ったか、弘斗のウエストあたりをまさぐりはじめた。

「なに？　なにするの？」

おろおろしている隙に、デニムの中にユアンの手が侵入してきた。抵抗する間もなく、下着のウエストゴムをかいくぐって直接、勃起しているものを握られる。弘斗は「ひっ」と息を呑んだ。

「やっ、やだ、やだやだ！　やめて、ユアンっ！」

「いいから、じっとしてろ」

弘斗が冷静だったら、ユアンの声が上擦っていることに気づけたかもしれない。だがそんな余裕は欠片もなく、はじめて勃起した自分のものに他人が……それもユアンが触れた事実を受け止めきれなくてパニックになりかけた。

「なんだこれ、びしょびしょじゃないか」

「う……うっ、うぅぅ……」

噛みしめた口から情けない呻きしか出ない。

「俺の手にぴったりサイズって、どういうことだ」

それってちいさいってこと？　ひどい。本当にひどい。じわっと涙が滲む。

ユアンはさらになにかぶつぶつと呟いていたが、そこから手を離すことはなかった。

思いやりのない言葉に傷ついているはずなのに、弘斗の股間は熱いままで萎える気配はない。ぬるっぬるっとユアンの指が弘斗のそれを上下に扱《しご》く。弘斗はこみ上げてくる快感に足をがくがくと震えさせ、いまにも倒れそうだ。チッとユアンが耳元で舌打ちしたのが聞こえて、目の前が真っ暗になるほど悲しくなった。

こんなに悲しいのに、ユアンに弄《いじ》られているそこはもうはち切れそうになっている。

「あ、あ、あ……、も、だめ、だめだめだめ……っ」

うぅと呻きながら、弘斗は欲望を吐き出した。腰を何度も震わせて、ユアンの手にたっぷりと出してしまう。ものすごい快感だったが、終わってしまえば羞恥《しゅうち》と絶望でなにも考えられない。弘斗はえぐえぐと泣きながら、ユアンの腕の中で縮こまった。

「おい」

ひっく、としゃくりあげて、弘斗はおずおずとユアンを見上げた。きっとバカにされる、とどめを刺すような言葉を投げつけられると予想していたのに、緑色の瞳にはそんな気配はなかった。なぜだがユアンも茫然としている。

「なんだよ、おまえ」

ユアンは弘斗の体液で汚れた自分の手を、恐ろしげに見つめていた。そんなものはじっと凝視するものではない。弘斗は慌ててパーカーの裾を引っ張り、ユアンの手を拭った。服が汚れることより、ユアンの手が自分のもので汚れていることの方が居たたまれなかった。

「なんで、こんな……ザーメンまで美味そうな匂いがしてんだよ……」

「え？」

なにを言われているのかさっぱり理解できなくて、弘斗は洟《はな》をすすりながら目を瞬《またた》いた。

「ちょっと、脱いでみろ」

「えっ、えっ？」

「いいから、脱げって言ってんだよ。下だけでいい」

「やだっ」

「見せろっ」

強引にデニムと下着をずるりと下ろされた。いかされたばかりで体液で汚れている股間が剥き出しになり、弘斗は急いで手で隠した。だがユアンが容赦なく手を掴んで引き剥がしてしまう。冷たい窓ガラスに押しつけるようにして磔《はりつけ》にされ、弘斗は情けなくて泣き顔をさらに歪めた。

ユアンは弘斗の萎えた股間をまじまじと眺め、眉間に皺を寄せている。そして、また憂《ゆう》鬱《うつ》そうなため息をついた。人の股間を見てため息をつくなんて失礼すぎる。はじめての体験にショックを受けていた弘斗だが、しだいにムカついてきた。

なにもかも強引すぎる。いったいユアンはどういうつもりでこんなことをしたのか、説明してほしい。弘斗のファーストキスとセカンドキスと、えー…、サードキスを奪い、あげくにはじめての……なんだ？　手コキ？　を……されて、わけがわからない。

弘斗はユアンを好きみたいだと自覚したが、それはほんのついさっきだ。まだぜんぜん熟成されていないうえに、告白したわけでもない。言葉のやりとりがまったくない状態でのこれは、ただの暴力ではないのか。

百戦錬磨《ひゃくせんれんま》のユアンにとったら、初心《うぶ》な弘斗をいたぶるのは簡単なのだろう。ひどい。

あらたな涙がぶわっと溢れてきた。

「どうして泣くんだ。さっきも泣いていたが……。男だろ、このくらいで泣くなよ」

「このくらい？　このくらいってなんですか。十分ひどいです！」

自棄《やけ》くそになってわめいたら、ユアンが怯んだ。手を拘束していた力が緩んだので、弘斗は急いで足首あたりまで下ろされていた下着とデニムを引っ張り上げる。濡れたままの下着と股間が気持ち悪かったが仕方がない。

「ど、どういうつもりで、こんなことしたのか知りませんけど、俺、ユアンの遊びには付き合えないですから。協力してくれてありがたいとは思います。でも、こんなことで感謝を示すのって、まちがってると思います！」

「いや、その……」

「実はべろべろに酔っ払ってて、明日になったらなにも覚えてないとかだったら、許さないですからね！」

「酔ってないよ。いまの俺のどこがべろべろに見えるってんだ」

「あんなに飲んだじゃないですか？」

「俺は酔わない。美味い酒を飲むのは好きで、いい気分にはなるが、どれだけ飲んでも泥《でい》酔《すい》したことはない」

「ほ、ホントに……？」

ウイスキーをボトル一本、それも短時間でぐいぐい飲んだくせに、酔っていないのか。

それって単純にアルコールに強い体質で片付けられないレベルなのではと驚愕しつつ、ではさっきからのおかしな言動はすべて素面《しらふ》で……ということになる。それはそれでおかしい。

「じゃあ、俺がなにも知らないからって、バカにしてるんでしょう。だから、エ、エッチなことしてきて……。ユアンにしたらおもしろいだけかもしれないですけど、俺、そんなふうには思えません。はじめて、こんなことしたし……ユアンに弄《もてあそ》ばれて……」

言葉が続かない。自分で自分の言葉に傷ついた。弄ばれたなんて、思いたくない。思いたくないが、実際にされたことはその通りだろう。

ぽろぽろと涙がこぼれてくる。弘斗は「ひぃ」と悲痛な鳴き声を上げた。涙でなにも見えなくなって、ユアンがどんな顔をしたのかわからなくなったが、そんなことはもうどうでもいい。はやくここから出ていきたい。稲葉に電話で報告したあと、まっすぐアパートに帰っていればよかったと後悔する。

「おい……俺はべつにおまえを弄んだつもりはないぞ。人聞きの悪いことを言うなよ」

「じゃあ、なんで俺にエッチなことするんですか！」

「つい、衝動的に……」

「衝動……？」

「おまえの匂いについふらふらと……」

「ケダモノ！」

理由がなにかあればまだしも、衝動的に手を出したと言われて、弘斗はカッとなった。ちいさな拳をつくってユアンに殴りかかる。人様に手を上げるなんてはじめてのことだった。当然、ユアンにひらりとかわされて、拳を難なく掴まれてしまう。あっという間にまた抱きしめられて、頑健《がんけん》そうな外国人仕様の体に身動きできないくらいがっちりと取りこまれた。

「うーっ、うーっ」

ユアンの胸に顔を埋めて唸るしかない。悔しくて情けなくて、弘斗はもがきながら泣いた。頭上でまたため息がこぼれたのが聞こえて、「うぇぇぇぇ」と号泣《ごうきゅう》に切り替える。もう完璧に呆れられたと悲しくなった。

「弘斗、落ち着け。もう泣くな」

とんとんと子供をあやすように背中を叩かれた。頭も撫でられる。その手つきは優しくて、やっぱりユアンは悪い人じゃないと思ってしまうのだ。いい人だと信じたい気持ちがそうさせるのかもしれない。

弘斗はユアンにしがみついた。するとユアンもぎゅっといっそう強く抱きしめてくれる。

「おまえが泣くと、ヤバいんだよ……」

ほとほと困ったという感じでユアンが呟いた。なにがどうヤバいんだろう?

「泣き顔とか、泣き声とか、すげぇ興奮する」

「ふぇ?」

びっくり発言に思わず顔を上げたとき、ふわりと体が浮いてたまげた。

「わわわわわわ」

「じっとしていろ。落とすぞ」

「ちょっ、待って……!」

なんと、弘斗は横抱きにされていた。いわゆる、お姫様だっこだ。女の子なら一度は夢見るシチュエーションかもしれないが、あいにくと弘斗は男なので自分がされる方では想像したことがなかった。ユアンは軽々と弘斗をだっこしてどこかへ歩いていく。見上げる顔はなにやら真剣で、まっすぐ前を向いていた。小柄で細身とはいえ五十キロはある弘斗だ。あまりにも軽々と運ばれて、腕力のちがいを見せつけられたような気分になる。ユアンにそんなつもりはなくとも。

「わあっ」

いささか乱暴に下ろされたのは、ベッドの上だった。薄暗い部屋は、どうやらベッドルームのようだ。広々としたベッドの真ん中でぽかんとしていると、ユアンが無言で覆いかぶさってくる。まさか、まさかさっきの続きか。

弘斗がぐずって泣いていたから、もう終わったのだと勝手に決めつけていた。色気

、ユアンのその気がなくなったのだと。そうではなかったのか。

あっさりと答えたユア

押し戻そうとしたが、なかなかかなわない。まってるだろ」

。その胸を精一杯、両手で

正気になって！　俺

「ユ、ユユユ、……だということは、さっき確認した」

……はゲイじゃないんですよね？　こういうことは女の子としないと！　俺なんか絶対につまらないから。なにもできないし、貧相な体だし、美少年でもないし！」

「そんなことは言われなくてもわかってる！」

弘斗の怒鳴り声に負けじと思ってか、ユアンも声を荒げた。緑色の瞳が射るような強さで弘斗を見下ろしてきている。

「男に対してこんな気持ちになったのははじめてなんだ。俺だって混乱している。すこしは俺の複雑な心境も思いやれ！」

どうしてそんなに偉そうなんだ。同意もなくベッドに押し倒しておきながら、弘斗に思いやりを求めるなんて。

ユアンのとんでも発言にびっくりして、弘斗は逆にすこし冷静になった。いま、なにか大切なワードがユアンの口から飛び出したような気がする。男に対してこんな気持ちになったのははじめて――そう言わなかったか？　それって、つまり………、

「あの、ユアン……。まさか、俺のこと、好きになった……の？」

まさかね、と試しに訊ねてみただけだった。それなのに、ユアンは否定もせず渋面《じゅうめん》になる。まるで不本意ながらそれが正解だとでも言うように、目を眇《すが》めた。

「それがどうした」

だから――だからどうしてそう、偉そうな態度を……。

「マジですか？」

「うるさい」

「ホントに？　ユアンが、俺を？」

そんな奇跡が起こるなんて、いったいユアンの中でなにがあったのだろうか。いや、これもからかいのネタだったりしたら……。

「嘘でしょ？　ねえ、それ……俺をからかってんですよね？」

「わざわざ男をベッドルームに引っ張りこんでからかうほど、俺は暇じゃない」

ユアンはきっぱりと否定してきた。それもそうかと納得しかけて、それでもやっぱり信じられない。

「俺がユアンを好きになるのは当然ですけど、その逆は天地がひっくり返ってもあり得ないと思います。そうでしょう？」

「ほう、おまえは俺が好きなのか」

うっかり口を滑らせた弘斗に、ユアンがニヤリと笑った。慌てて口を手で覆っても、放たれた言葉はもうユアンの耳にしっかり届いたあとだ。

「さて、話はこれでいいだろ。脱げ」

「あわわわっ」

ユアンが弘斗のデニムに手をかけてきた。慌てて抵抗するが、ユアンには迷いがない。弘斗がなんと言おうと当初の目的を達成するぞという意思が明らかだった。

「待っ、待ってよ、ユアン！」

「ただの性欲処理じゃない。それがわかれば十分だろ」

「嫌です、そんなのは嫌です。俺のことが好きなら、そう言ってほしいです！」

「この俺に、そんな恥ずかしいことを言わせようってのか」

ユアンがさらに剣呑な表情になる。だけどもう弘斗は怖くなかった。これはユアンの照れ隠しだと、もうわかってしまったからだ。

「言ってください。お願いします……」

ホストのユアンにとっては言葉なんてたいした意味はないかもしれないが、まだまだ恋に夢を見たい童貞の弘斗にしたら、かなり重要だった。精一杯のおねだりをしてみたが、ユアンは片方の眉をひょいと上げ、ふんと鼻で笑った。

「そのうちな」

「えっ、そのうちっていつですか？　ねえ、いつ？」

「うるさい」

起き上がろうとした弘斗はころりと転がされ、あらためて覆いかぶさってきたユアンに唇で言葉を封じられた。

ねっとりと舌で口腔をまさぐられる。なし崩し的に行為に持ちこもうとするユアンが気に入らなくて弘斗は抗いたいのだが、手足を的確に押さえつけられて動けない。掴まれた腕も体重をかけられた足も、どこも痛くはないのに逃れられなかった。

そうしながらも、ユアンは弘斗を裸に剥いていく。どれだけ慣れているのかと、腹立たしくユアンの下でもがいているうちに、弘斗は全裸にされていた。

「おまえ、乳首の色素が薄すぎるだろ。しかも……さっきも見たが、パイパンかってくらい毛が薄いな。皮は剥けてないし、本当に十九歳なのか？　精通もまだの中学生じゃないだろうな」

「い、いちいち指摘しないでください。気にしているんですからっ」

「気にしているのか？　おまえには似合いだ。ズル剥けでデカくて黒々としていたら引く。むしろこのくらいでよかった」

「よかった？　ええっ？　ユアンって、変態さんだったんですかっ」

「俺は変態じゃない！　たまたまおまえの体毛が薄くて包茎《ほうけい》だっただけだろう！」

「ほ、ほ、ほほほほ包茎…って、言ってはいけない言葉を、言いましたね……っ」

ひどい、と弘斗はまた涙目になる。弘斗のそれは確かに亀頭が露出していないが、指で皮を剥き下ろせばちゃんと出るのだ。仮性《かせい》包茎らしいとネットで調べた。皮が若干《じゃっかん》余っているだけで、とくに病気や欠陥ではないと知り、どれだけ高校生時代の弘斗がホッとしたか――。

だからといってこの状態に満足しているわけじゃない。気にしている。男としてかなりデリケートな部分をそんなふうに言うなんて。じゃあユアンはどんなモノを持っているのかと、弘斗は覆いかぶさっている男の股間をちらりと見遣《みや》る。まだ服は着たままだが、そこはちょっとだけ膨らんでいた。

「なんだ、俺の体が気になるのか？」

「気、気になってなんか……」

「待ってろ」

ユアンはボタンを弾き飛ばす勢いでシャツを脱ぎ、素晴らしく引きしまった上半身を露わにした。肩幅も胸板の厚さも、成熟した男らしさに溢れている。あきらかに日本人とはちがう骨格で、贅肉《ぜいにく》は一切ない。

全体の均整が取れているので着痩せして見えるのだろう、裸になると圧倒される。弘斗の貧弱な体と比べると、大人と子供のような差があった。これでは中学生かと揶揄《やゆ》されてもしかたがない。

さらに弘斗はユアンの股間を目にして愕然とした。なんのためらいもなくユアンは下半身も脱いだのだが、そこにあったのは、髪とおなじ色の金色の陰毛に囲まれた、見たこともないサイズの性器だった。なかば勃起しているから、なおさらおおきく見えるのかもしれないが、弘斗は恐怖のあまりベッド上をずり上がって逃げようとした。

「おい、この期《ご》に及んで拒否するつもりか」

「だって、だってそれ……そんなおっきいの入りません！　俺に突っこむつもりなんでしょ？　無理、絶対に無理です！　死んじゃいます！」

奥手でも男同士のセックスがなにをどうするかくらい、知っている。エロ動画も見たことがあるし、男子高校生の下ネタはこの手の話も多い。ユアンに全力で向かってこられたら抵抗しきれないことは、もう十分わかった。その凶器のようなサイズのものを無理やり突っこまれたら、どれほどのダメージだろうか。恐ろしさのあまり弘斗はちいさく丸くなってカタカタと震えた。

「おい、そんなに怖がるなよ」

ユアンが弱りきったような声音で、そっと頬を撫でてきた。幼さが残る丸い頬を、おおきな手が包みこむ。ゆっくりと、ユアンが顔を寄せてきた。まるで弘斗を怖がらせないように気を遣っているようなゆっくり具合だ。

唇と唇がふわりと触れ合った。角度を変えて、またふわり。何度もそうして触れるだけのキスをされて、弘斗の全身から強張りが解けていく。あらためてベッドに寝かされ、ユアンが覆いかぶさってきた。優しく、とても優しく、顔中にキスをされる。首筋にもあたたかなキスをたくさん降らされた。

「弘斗、おまえが嫌がることはしない。気持ちいいことだけをしてやるから、怖がらなくていい。俺を拒むな」

ユアンが真剣にそう訴えてきた。真っ直ぐに、弘斗の心に届けとばかりに向けられる澄みきった視線に、弘斗は陶然とした。そうだ、ユアンは嫌がる弘斗を無理やり抱くような人ではない。好きだとは言ってくれてないけれど——弘斗は信じられると思った。

うん、と頷くと、ユアンが「よし」と気合いを入れるような応じ方をした。その返しはなにと思わず笑みがこぼれたら、弘斗から余計な緊張はなくなっていた。

「弘斗……」

唇が重なってきて、また官能をかきたてるような舌使いをされた。弘斗は体内でまだ燻《くすぶ》っていた熱をあっさりと掘り起こされる。キスされながら体中を撫でられて、無意識のうちに腰が揺れていた。

「あ、んっ」

ユアンの屹立《きつりつ》と自分のそれがぶつかりあって、じんと痺れるような快感が湧きおこる。もっとその刺激がほしい。弘斗は深く考えることなく両脚を開き、ユアンの腰を挟むように動いた。

「おい、ずいぶんと積極的だな」

「なに？　なにが？　ん、んんっ、きもち、いい……っ」

「残念なことに、俺もだよ」

弘斗はユアンの首に腕を回してしがみついた。美貌のホストが自分の首筋に顔を埋めて、うっとりと体臭を嗅いでいるなんて気がつきもしない。ただ夢中になって股間をぐりぐりと押しつけた。

「あっ、あんっ、やだぁ」

胸につきんとした痛みが走り、ユアンが乳首を指先で弄っていることを知った。男の乳首なんてただの飾りで意味がないと思っていたのに、指の腹で押し潰されたり転がされたりすると、むず痒いような感覚が広がる。それはしだいに快感になり、弘斗は困惑しながらも胸を突き出すようにのけ反った。

「ほら、赤く色づいてきたぞ」

「えっ……」

胸を見てみると、乳首がつんと尖って、本当に赤く染まっている。すごくいやらしい光景に思えて、弘斗は恥ずかしさのあまり涙目になった。勃起した性器をぶつけあうよりも、なぜだか乳首が変化しているほうが恥ずかしかったのだ。

「やだ、そんなの……」

「やだって――おまえ、感じてたまらないんだろ。すごい、いい匂いがしてるぞ」

ユアンはたびたび匂いについて口にするが、弘斗にはなんのことかさっぱりわからない。

「さっきも言ってたけど……俺、いい匂いなの？」

「まあな」

ユアンは「ここからも」と乳首に唇を寄せる。赤く尖っているちいさな乳首に、ユアンのきれいな唇がキスをした。

「すごい、いい匂いがしてる」

「ああーっ」

乳首を唇で挟まれて、舌で転がされた。疼痛《とうつう》に似た衝撃的な快感に、弘斗はがくんと全身を痙攣《けいれん》させる。さらにちゅうちゅうと吸われて、息も絶え絶えになりながらシーツの上で悶えた。

「すごいな、いきそうか？」

「ひ……っ、やぁっ、やだぁ、ああっ」

濡れまくっている性器を握られた。上下に扱かれて、くちくちと水音が聞こえる。一回出しているのにもかかわらず、痛いほどに張りつめて弘斗のそこは愛撫を喜んでいる。ユアンの指先が先端の割れ目を弄ったり、くびれを執拗に擦ったりして、さらに弘斗を燃え上がらせた。いきたくていきたくて、擦られているそこが痛いほどに高まっている。

「あ、あ、いく、でちゃう、でちゃ……」

「出せ」

低く命じられたと同時に、弘斗は射精していた。一度目よりも吐きだす体液はすくなかったが、快感は強かった。頭が真っ白になって、ただ胸を喘がせて息をするだけになる。

「……美味いな。なぜだか」

ユアンがなにやらひとりごとを言っているので霞む目を向けると、指を舐めている。なにが美味いのかなと、しばしぼうっと眺めていて——息を呑んだ。

「な、なに舐めてんの」

ユアンは弘斗の精液を口にしていたのだ。そんなもの、美味いはずがない。

「やめてください、汚いですっ」

「べつに汚くはない」

ユアンは平然としている……ように見えた。だがいったのは弘斗だけで、ユアンの屹立は依然、張りつめたままだ。すごいサイズのそれは、さっは弘斗が夢中になって自分のものと擦り合せたときよりもおおきくなっているような気がする。痛くはないのだろうか。

絶対にもういきたいはず。

二度もいかせてもらって、弘斗はちょっと申し訳ないなと思った。こんどは弘斗がユアンをいかせる番だろう。おそるおそる手を伸ばして、ユアンのそれに触れた。

「なんだ、してくれるのか?」

「……うん……」

どこまでできるかわからないが、屹立を握ってみた。他人の勃起した性器に触れるのははじめてだ。嫌悪感はない。ただサイズにビビっているだけで、嫌ではなかった。ユアンを気持ちよくさせたいと思う。

ユアンが動いて、二人は位置を入れ替えた。仰臥《ぎょうが》するユアンに、弘斗が這いつくばって愛撫を施す。傍《はた》から見たら弘斗の姿勢は卑猥《ひわい》だったのだが、ユアンの立派な股間しか目に入っていない弘斗にはそこまで気が回らない。

片手ではあまるものを両手で拙く擦ってみた。力の加減がわからないのでユアンの様子を窺《うかが》いながらになる。ふっと、ユアンが気持ちよさそうに目を細めてくれた。もっともっとよくしてあげたい。性器の先端から滲む体液が、きれいな玉になってこぷりこぷりと溢れてくるのを見つめていたら、それを舐めてみたくなった。

そっと舌を伸ばして、すくってみる。興奮しているせいか、味がよくわからない。弘斗は何度もぺろぺろと舐めてみた。そのたびに手の中の性器がびくんびくんと震える。

「おい、弘斗……。おまえ、チャレンジャーだな」

「えっ、ダメなんですか?」

「いや、いい。大歓迎だ」

ユアンに許されて、弘斗は先端だけでなく幹の部分も横から舐め上げた。すこし塩味がするかもしれない。口にくわえてみたらどうだろう。弘斗は「あーん」と口をおおきく開けて、先端から飲みこんだ。

「んっ」

ユアンが低く呻いた。ちらりとまた上目遣いで様子を窺うと、熱がこもったまなざしで弘斗を見守っている。不快に思われていないのを確かめて、弘斗はくわえたものを舌で舐め回した。これがフェラチオという行為なのはわかっている。まさか自分が同性の性器をくわえる日が来ようとは――。自分自身への驚きはあるけれど、ユアンを気持ちよくさせたいという想いに突き動かされて、弘斗はせっせと舌を使った。おおきすぎてくわえきれない幹は指で扱く。

熱心にフェラチオしているうちに、弘斗の体が三度熱くなってきた。口腔が感じているのだと気づいて恥ずかしくなる。もしかしたら自分は淫乱なのだろうか。萎えていた自分のそれが、頭をもたげている。一晩に何度も自慰をしたことなどなかった。二回も出せばすっきりしてもう勃たないと思っていたのに。

ユアンに知られたらなんと言われるかと、視線を上げてみる。目が合うとニヤリと笑われた。ゆっくりと上体を起こしてきたユアンは、弘斗の体に手を伸ばしてくる。尻をつるりと撫でられて、「わあっ」と声を上げてしまった。

「な、なに？　痛いことはしないって、さっき言いましたよ」

「ああ、しない。触るだけだ」

「触るだけ？」

それって、なにをどうすることなんだろう？　訝しく思っている弘斗の尻を、ユアンはおおきな手で揉みはじめた。尻を揉まれるなんてはじめての経験だ。もみもみされると中途半端に腰が揺れて、なかば勃ちあがった股間のそれもぶらぶらと揺れる。なんだかおかしな感じがして落ち着かない。

「やだ、それいやです」

「いいから、おまえはヘタくそなフェラを続けていろ」

ヘタくそと詰《なじ》られたが、ユアンの目に蔑みだとかバカにした色はない。ただ面白そうに優しそうに笑っている。なので弘斗はまた口を開けて、握ったまま離していなかったユアンのそれを口に含む。

「おまえの尻って、ちいさいな。やっぱり女とはちがう」

弘斗とこんなことをしながら女の人の体と比べるなんて、失礼極まりない。抗議しようとしたが、尻の谷間にユアンの指が滑りこんできて、それどころではなくなった。

「なに？　なにっ？」

「触るだけだ。どんな具合かと思って」

「ええっ？　具合って、具合って？」

これは逃げた方がいいのだろうかと戸惑いつつも、弘斗はなぜだかユアンの性器を握ったまま離れられない。手から離したくないのだ。ユアンのそれが、なんだかかわいくなってきて――。かわいいというサイズではないのに。

「あ、んっ」

つぷっと指先が後ろの穴に入ってきた。とっさに嫌がって尻を振ったが、股間を握られて動けなくなる。尻の中を指で弄られながら性器を扱かれるという、喜べばいいのか怒ればいいのか悲しがればいいのか、わけがわからない状況に追い込まれた。

唐突に、それが襲ってきた。

「ひ、あああああっ」

強烈な射精感がこみ上げてきて、全身を硬直させる。挿入《そうにゅう》されているユアンの指をきゅうっと締めつけてしまい、さらに余計な刺激に悶えた。

「ここか」

ユアンが体の中のどこかを指でぐいぐいと擦り上げてくる。またたくまに絶頂へと押し上げられそうな快感に、勝手に涙が滲んでくる。ひっくとしゃくり上げる弘斗から、ユアンが指を抜いてくれた。

「だから泣くなよ」

「こ、こわい……」

「怖くない、怖くない」

よしよしと頭を撫でられながら抱きしめられて、ベッドに寝転んだ。キスをされて、ゆったりと舌を絡ませているうちに、弘斗は両足を広げられる。ユアンは痛いことはしなかった。ただ、股間を重ねて二人の性器をまとめて擦りながら、弘斗の尻に指を入れるという荒技をやってのけた。

「やだ、やだぁ、こわい、ああっ」

あちこちからすさまじい快感が生まれては、絶え間なく背筋を駆け抜けていく。

「ああ、ああ、ああっ、あっ、んっ」

声がとまらない。感じることもとめられない。暴走する快感に、弘斗は助けを求めるようにユアンにしがみつく。

「指、痛くないか?」

「ない、ないけど、あ…んっ、んっ」

「いいんだろ?」

「ちが、ちがう………」

朦朧としながらも肯定したくなくて、弘斗は首を横に振った。耳元で、くくくと笑い声がする。

「おまえ、意外とエロい顔をするな」

「やだぁ」

「すごい匂いだ……。これだけで理性が吹っ飛ぶくらいだぞ、おい」

「ああ、もう、もうっ、いっ……ちゃう、いく、いくっ」

「いいぞ。……俺もだ」

後ろに入っている指がいつのまにか二本に増やされていることに気づかないまま、弘斗は泣きながら絶頂に達した。ほぼ同時にユアンも体を震わせて射精した。

吐きだされた二人分の体液にまみれた弘斗は、気を失うようにして衝撃的な夜に幕を下ろしたのだった。

†　†　†

クイーンサイズのベッドの隅っこで、ちいさく丸くなって眠っている不思議な生き物。

ユアンはその生き物がすやすやと気持ちよさそうに眠っているのを、さっきからずっと眺めていた。いったいこれからどうしたものかと、途方に暮れながら――。

口からこぼれるのはため息だ。シルクの上掛けにくるまっている弘斗の寝顔は、お世辞《せじ》にも美しくはない。不細工というわけではないが、美形ではないのだ。愛嬌はあると思うが、目を閉じていると子供にしか見えないくらいあどけなかった。その目元がうっすらと赤くなっているのは、昨夜、何度も泣いたからだろう。

めそめそしくしくと悲しそうに泣いたり、途中で号泣したり……最後には快感にむせび泣きながらいっていた。思い出すと勃起しそうなので、ユアンはそこそこにして記憶に蓋をする。

「とりあえず、コーヒーでも淹《い》れるか……」

起こすまで弘斗は目を覚まさないだろう。時刻はもう昼を過ぎているが、夜型のユアンにとっては早朝といったところか。マンションの窓はすべて分厚い遮光カーテンで覆われている。まだ梅雨は明けていないが、今日は天気がいいようだ。日が暮れるまで外出する気はない。吸血鬼伝説の中のように太陽の光を浴びただけで死にいたることはないが、この白い肌は繊細《せんさい》で、真っ赤になって痛みを発するのだ。一晩ゆっくりすれば治るていどのものだが、おのれの美貌が一時でも損なわれるのは我慢ならない。

外にさえ出なければ、今日のユアンの体調は絶好調だ。理由は明白。弘斗のエナジーをもらったから。弘斗が男でさえなければ、最高の、素晴らしいセックスだった。

　どうして弘斗は男なのか。どんなに飢えても男とは絶対に肉体関係など持つものかというのが、三百年もの間の、揺るぎないポリシーだったのに。

　嫌悪感がまったくなかったのも衝撃だった。興奮した弘斗からはたまらなくいい匂いが立ち上ってきて、むしゃぶりつきたくなった。おそらく弘斗以外の男なんて抱けない。想像すらしたくない。キスだけでも無理。それなのに弘斗をかわいいと思ってしまい、体中を触って舐めて味わいたくて、実際にそうしてしまった。

　体液まで美味かったのには、もう観念するしかないだろう。たぶん……いや、確実に、つぎの機会にはユアンが弘斗をフェラチオする。直接、ペニスから精液をすすったら、極上の酒よりも甘露ではないかと思うのだ。

「ああ……こんなことを考える日が来ようとは……」

　シェークスピアでも朗読《ろうどく》したい気分になったが、あいにくとユアンはあんな辛気臭《しんきくさ》い物語は好きではないので、この部屋には置いていない。

　ユアンはキッチンへ行き、コーヒーメーカーをセットした。リビングのテレビをつけて、昼のニュースを見る。接客業にとって世の中の出来事を一通り頭に入れておくことは、会話の糸口を掴むテクニックとして基本的なことだ。政治経済から流行《はや》りのファッションまで、ユアンはワイドショーも流し見しながら、ゆっくりとコーヒーを飲む。

「うわぁ！」

静かな時間に浸っていたユアンは、背後のベッドルームから大声が聞こえてきてうっかりコーヒーをこぼしそうになった。

「どうしよう、どうしよう」

弘斗がうろたえた声を出している。男と寝てしまって動揺するのはわかるが、もうすこし静かにできないものか。ムードもなにもあったものではない。

「……どうして俺は、こんなガキと寝てしまったんだ……」

いまさら後悔しても遅いことをため息まじりに呟きながら、ユアンはソファから立ち上がってベッドルームへ行ってみた。弘斗はベッドから這いずり出て、床に脱ぎ捨てられていた服を拾っている。十九歳とは思えない薄い体とちいさな尻。ちらりと見えた胸に赤い鬱血《うっけつ》が数えきれないほど散っている。昨夜、自分がどれたけ執着して吸いまくったのか、よくわかるというものだ。頭痛を覚えて、ユアンはまた深々とため息をついた。

「あ、ユアン」

Tシャツをかぶりながら振り返った弘斗が、情けなく眉尻を下げる。

「大変、どうしよう、犬の散歩！」

「犬の散歩？　ああ、仕事の代行業のことか……」

「もう昼過ぎてます。みんな、きっと俺のこと待ってるのに……。すぐ行かないと」

弘斗は裸にTシャツを着ただけで、おろおろとしている。ユアンは「落ち着け」と肩を叩いた。

「とりあえず、パンツを穿《は》け」

「あ、はい……」

弘斗は下着を拾ったが、すぐにまた悲しそうな顔になる。

「ユアン……。パンツ、貸してくれませんか……」

「……わかった」

そういえば、弘斗は下着を汚していたのだ。体液が乾いて悲惨なことになっている下着を、もう一度穿くのはだれだっていやだろう。ユアンはクローゼットから新品の下着を出してやった。

「ほら、これを穿け」

「ありがと……って、なんですかコレ？　アニマル柄のビキニなんていやです！」

「いやだったら穿くな。ノーパンで行け」

冷たく突き離したら、弘斗はしぶしぶそれを穿いた。伸びる生地なので弘斗のちいさい尻にもフィットしたようだが、似合わなくておかしい。だがここで笑ったら弘斗の機嫌をおおいに損ねるだろうからと、ユアンは我慢した。

「俺のパーカーはどこですか？」

「あれじゃないか」

ベッド脇にスウェット生地のパーカーが落ちていた。弘斗が拾った拍子に、ポケットから携帯端末がゴトンと落ちる。

「時間通りに散歩に行かなかったから、叔父から電話が入っていたかもしれません……」

弘斗がそれを拾って液晶画面を覗きこみ「あれ？」と首を傾げた。

「これ……俺のケータイじゃない……かも」

「なんだと？」

「えっ？　でも、ゆうべ……俺、事務所に電話かけましたよね。どうして？」

「貸してみろ」

弘斗からそれを受け取り、ユアンは中身を覗いてみた。すぐにだれのものだか見当がついて、無言になる。

これは面倒なことになった。一刻もはやく持ち主に返した方がいいだろうが、故意ではないとはいえ一晩も弘斗は所持していたことになる。携帯端末の中を覗き見していないと主張しても、はたして持ち主はそれを信じてくれるだろうか。

「あ、俺のケータイ、ありました！」

パーカーのもう片方のポケットから、まったくおなじ機種の携帯端末が出てきた。弘斗は自分が携帯端末を落としたと思いこみ、その場にあった他人の携帯端末をうっかり持ってきてしまったのだろう。どうして昨夜のうちに気づかなかったのかと弘斗を責めるのは簡単だが、二人ともそれどころではなかった。仕方がない。

「やっぱり叔父から電話とメールがたくさん入ってます……。わー……迷惑かけちゃったみたい……」

最新のメールには、叔父が弘斗の代わりに犬の散歩を済ませたと書かれていたらしい。依頼主から弘斗が時間になっても来ないと連絡があったのだろう。任された仕事を全うできず、弘斗はがっくりと項垂れた。おつかいに失敗した子供のような風情《ふぜい》に、ユアンはなんとなくフォローしてやらなくてはいけないような気になる。

「もっと早く起こしてやればよかったな。悪かった」

「……でも、俺が起きられなかったから悪いんです……」

起きられなかったのは、昨夜のあれこれの影響だとはっきりしている。弘斗を三回もいかせて疲れさせたのはユアンだ。

「とりあえず、なにか食べるか？」

「……帰ります」

そうか、とユアンは頷く。もう帰るのかといささかがっかりしている自分に気づき、ユアンは恥ずかしくなった。もうすこし一緒にいたいなどという本音は、死んでも口にしたくない。負けを認めるようなものだ。この俺が、ユアン様が！

「あの、ユアン……」

弘斗が前に立ち、無垢なまなざしで見上げてきた。なにか言葉をほしがっているのはわかる。昨夜、二人の関係は一気に深まった。これからどういう付き合いになるのかわからなくて、きっと弘斗は戸惑っている。

ユアンの中では、まだ納得しきれていない部分があった。だが、だれにも渡したくないという独占欲と、危なっかしくて目が離せなくて庇護《ひご》してやりたいという欲求は、抗いがたいレベルにまで達している。

ユアンは弘斗の顎に指を添えて、そっと顔を近づけた。唇に触れるだけのキスをする。じんと痺れるような心地《ここち》良さと同時に、エナジーを感じた。ユアンに快楽を教えられた弘斗だが、清純さは失っていない。挿入行為がなかったからなのか、それとも弘斗の心が汚れないかぎり、この状態は保たれるのか――ユアンにも判断がつかなかった。

おとなしくキスを受けて、弘斗は恋する目をまっすぐに向けてきている。無防備すぎる一途なまなざしが、汚れた大人であるユアンの胸を揺さぶった。

くそぅ……かわいい……！

なぜだ、どうしてだ、この世の終わりだと、心の中だけでわめきながら、弘斗をぎゅうっと抱きしめた。弘斗もおずおずと腕を回してくる。ユアンの鎖骨《さこつ》あたりまでしか身長がない弘斗だから、俯くとちょうどつむじにキスができた。

「弘斗、五分待ってくれないか」

「なんで？」

「送っていく。外出の支度をするから、待っていてほしい」

弘斗は頷いたあと、ユアンの外出の支度がいったいどういうものか想像できたのだろう、プッと吹き出した。笑われたユアンはおしおきと称して、弘斗の柔らかそうな耳朶《みみたぶ》に噛みついた。

† † †

イナバ探偵事務所がはいっている雑居ビルの前でタクシーから下りた弘斗は、料金を払って「釣りはいらない」と格好よく運転手に告げているユアンを振り返った。颯爽と下り立ったユアンは――日傘と帽子とサングラスと手袋で完全武装していた。

「ユアン、タクシーを帰しちゃってもよかったんですか？」

「なにか不都合でも？」

「ううん、俺はいいんですけど……」

こんなところに用事があるとは思えない。どうするつもりだろうか。

「おまえの叔父に挨拶をしていこうと思う」

「ええっ？」

びっくりしている弘斗の前を、ユアンは堂々とした足取りでビルへと歩いていく。

弘斗にとってはうれし恥ずかしのはじめての朝帰りだ。実際には昼すぎ帰りだが。

昨夜のあれこれの記憶がまだ生々しいというのに、ユアンが叔父に挨拶するなんて、その横でどういう顔をすればいいのかわからない。まさかユアンは「あなたの甥とエッチなことをしました。お付き合いをお許しください」なんて意味で挨拶するつもりではないだろう。いったいなにを考えているのか。

「ここの三階だろう？」

「あ、はい」

ぐずぐずしている弘斗より先に、ユアンはビルに入って階段を上がっていく。慌てて弘斗もついていった。ユアンは「イナバ探偵事務所」というプレートがくっついたドアを、躊躇いなく開けてしまう。正面のデスクでノートパソコンを広げていた稲葉が顔を上げ、黒ずくめのユアンに目を丸くした。

「どちらさま……って、弘斗？」

ユアンの後ろからひょこっと顔を出した弘斗に、稲葉が渋面になった。

「おはようございます……」

「おはようじゃねぇだろ、いま何時だと思ってんだ！　いままでいったいどこでなにやってた！」

「ご、ごめんなさい」

「おまえがサボった犬の散歩、俺がしてやったんだぞ！　初対面の俺に犬たちはぎゃんぎゃん吠えるし、もう散々だ」

「明日からは、またきちんとやります！　すみませんでした！」

弘斗はユアンの後ろからぴゅっと飛び出して叔父の前に行き、何度も頭を下げた。

「あったりまえだ、バカ野郎。おい、未成年の分際で無断外泊なんていい度胸してるじゃねぇか。キャバクラに行ったあと音信不通になるから、これでも心配してたんだぞ」

「叔父さん、本当にごめんなさい。ごめんなさい！」

弘斗は深々と頭を下げたあと、上目遣いで稲葉の顔色を窺う。精一杯の反省をこめた目でじっと見つめると稲葉の険しい表情が緩んだ。

「今後は気をつけろ」

「はいっ、気をつけます！」

許してくれたみたいだ。ホッとして胸を撫で下ろした弘斗だが、稲葉の視線はドアの前に立ったままのユアンに向けられた。

「で、そこの電柱みたいに細長い男はだれだ？」

「えっ……………と、ユアンだよ」

「はあ？　ユアン？」

稲葉が唖然とした声を上げてまじまじと眺めると、ユアンは帽子とサングラスを外した。とたんにキラキラとした美貌が現れて、殺風景な事務所がホストクラブの様相をていしてくるから不思議だ。ユアンが帽子で乱れた髪を手櫛《てぐし》で整えているあいだ、稲葉は無遠慮にじろじろと全身を眺めた。

「………弘斗、まさかおまえ………ゆうべはこいつと一緒だったんじゃないだろうな」

稲葉の先制攻撃に、弘斗はしらばっくれることもできず、ぎくっと全身を震わせて白状したも同然の反応をしてしまった。

「キャバクラに連れて行ってくれた協力者ってのは、ユアンなのか」

「あ、うん……」

「それでユアンといままでずっと一緒だったのか」

「……うん」

「どこにいた?」

「……ユアンの家」

「はあ?　なにしてたんだ、そんなところで」

「…………」

弘斗は黙って俯いたが、カーッと首まで真っ赤になってしまっては、ただ一緒にいただけでなく、ナニかがあったと自爆したようなものだ。とたんに稲葉の目が据《す》わった。氷のように冷たくてスゴ腕スナイパーのように鋭いまなざしがユアンをロックオンする。

「ずいぶん甥っこが世話になったようだな」

「まあな。かなり世話をしたぞ」

売られたケンカは買う主義なのか、ユアンが好戦的な態度でふふんと笑ってみせた。挨捗するだけではなかったのかと、弘斗はうろたえる。ふたりの間にバチバチと火花が散った——ように見えた。

棒立ちになっている弘斗に、稲葉がぴらりと千円札を一枚差し出した。

「弘斗、おつかいだ。これでいつものおにぎりを買ってきてくれ。俺は昼飯を食ってない」

「わ、わかった……」

稲葉とユアンをちらちらと見遣りながらも、弘斗は事務所を出た。これから二人がどうなるのかものすごく心配だが、その場にいたくなかった。怖い。怖すぎる。自分が無断外泊をしてしまったせいなのだが、できれば席を外したかったので、そそくさとビルを出た。

ビルから数百メートルのところにあるコンビニまで行き、弘斗は稲葉が好きなおにぎりをカゴに入れた。こうしたおつかいはいつものことなので、千円でなにを買えばいいかわかっている。おにぎりを三個とサンドイッチとお茶。これで千円になる。稲葉はタバコも買ってきてほしいらしいが、弘斗はまだ十九歳なのでそれは無理だった。

「ありがとうございましたー」

会計を済ませて、ビニール袋をガサガサさせながらコンビニを出る。ビルに戻る弘斗の足取りは重い。いまごろ二人はどんな話をしているのか——考えたくない。もし稲葉がユ

アンに暴力を働いていたらどうしよう。ユアンは黙って殴られるような人ではないだろうから、絶対に反撃する。大柄な男が二人、本気でやりあったら大変なことになるのではないか……。

「い、急いで戻った方がいいかも」

弘斗は早足になった。ふっと視界に影がさして足をとめると、目の前に黒いスーツをだらしなく着崩した中年の男が立っている。いかつい体格とグリースべったりのオールバック、剣呑な目つきに覚えがあった。いかにもいまから因縁《いんねん》をつけますけどどうしますか、と言いたげな顔つきが後ずさりしたくなるほど怖い。

こんな男と知り合いになった記憶はないが、どこで見たような気がするのはたしかだ。どこで見たのか……。

「おい、おまえ、昨日の夜、オレの店に来たガキだろ」

ドスのきいた声で問われて、この男がだれなのかわかった。キャバクラの店長だ。橋本とかいう名前の。どうりで見覚えがあるはずだ、そうか、昨日の……と頷いていると、いきなり橋本の右手が伸びてきた。また殴られるのかと、とっさに両手で顔を庇おうとしたが、その手は弘斗の胸倉を掴んだ。パーカーがぐいっと引っ張られて、近づきたくもない橋本の顔に、強制的に急接近させられる。息が臭い。弘斗は呼吸をとめた。

「おい、オレのケータイ、盗んでいっただろ。え？　おまえしかあり得ねぇんだよ。とっとと返せ！」

怒鳴られながら掴まれたパーカーを思い切り揺さぶられた。すごい馬鹿力に、弘斗はなすすべもなくがくんがくんと前後に頭が振り回されて悲鳴を上げる。

「やめ、やめてくださいっ」

「やめてほしかったら、とっとと返せ！」

「なんのことですか、俺は、べつに、そんなもの……」

盗んでいないと否定しようとして、ユアンの部屋で自分のパーカーのポケットから出てきた持ち主不明の携帯端末を思い出した。自分のものと機種と色がおなじだったので、まったく気づかずに持ってきてしまったアレ。やっぱりこの男のものだったのか。

「やっぱりおまえか。いったいどういうつもりで盗んでったんだ、ああ？　オレがだれだかわかっててフザケタ真似したんなら、殺されたって文句言えねぇぞ！」

「すみません、すみません！　あれは盗んだわけじゃなくて、うっかりまちがって……」

「くだらねぇウソ言ってるひまがあったら、とっとと出せ！」

うらぁと怒鳴りながら、橋本は弘斗の胸倉を解放し、服のポケットに無理やり手を突っこんできた。荷物のようにひっくり返されたり揺さぶられたりして、頭がくらくらしてくる。とにかく、だれか助けてと周囲に視線を飛ばすが、通りすがりの人たちは関わり合いになりたくないという顔で小走りに遠ざかっていく。これは自力で切り抜けるしかない。

「あの、いま持ってないんです。あのとき一緒にいたユアンに渡してしまったので」

「なんだと？　あのホストが持ってんのか？　おまえら、いったいなにしにオレの店に来たんだ。ああ？」

「あ、遊びに行っただけです。橋本さんのケータイを盗むつもりで行ったわけじゃ……」

「どうしてオレの名前を知ってんだ、コルァ！」

「ひーっ、昨日、名札をつけていたじゃないですかーっ」

「ふざけたこと言ってんなっ！　だれに頼まれた！」

　橋本の目が血走っている。冷静な判断ができなくなっているような感じがして、恐怖のあまり弘斗は脱兎《だっと》のごとく駆けだした。

「おいコラ、逃げるな！」

　ドタドタと足音が追いかけてくる。弘斗は必死になって事務所を目指した。そこに行けばユアンと稲葉がいる。絶対に助けてくれる。なんとかしてくれる。ユアンが持っているはずの携帯端末を男に返せばコトは収まるかもしれない。とにかく、一人で対峙《たいじ》するのは無理。無理。無理無理。

「待て、コルァ！」

「ひぃぃー」

弘斗は涙目になりながら必死で走った。

† † †

弘斗がおつかいのために事務所を出ていき、二人きりになった。稲葉は椅子をぎしりと軋ませて、足を組む。眇めた目には、新宿で何年も生きてきた凄みのようなものがあった。

「さて、ホストのユアン、詳しいことを説明してもらおうか」

「昨夜のことか？　それともキャバクラのことか？」

「全部だよ」

「全部説明するとなると、時間がかかるな。かいつまんで話そうか」

「どうでもいいから、とっとと経緯を話せ」

稲葉の額に青筋が浮いたのを見て、ユアンは余裕ぶってソファまで歩いていき、勝手に座った。安物のソファだとわかる沈み方だ。

「昨日、あいつをひとりでキャバクラに行かせるのは不安だったから、ついていった。ラブ・シンデレラという店だ。そこに探していた家出娘がいた。そのあと、俺の家に弘斗を連れていった。そしていま、送ってきた。以上だ」

「おい、かいつまみすぎだろう」

「ベッドでのあれこれを事細かく報告しろと？」

「しなくていいっ」

ガアッと怒鳴ったあと、稲葉は頬杖《ほおづえ》をついて魂《たましい》が抜けそうな息を吐いた。片手で額を覆うようにして俯き、もう片方の手でデスクをいらいらと掻いている。

「………信じられん………。信じたくない………」

唸るような呟きに、ユアンは「俺もだ」と同意しそうになった。

「弘斗は俺のたったひとりの甥だ。死んだ兄貴の大切な忘れ形見で、これでも大事にしているんだ。場合によっちゃ、許さないぜ」

「弘斗は未成年だが、もう十九だろ。叔父とはいえ、プライベートにあまり口を挟むのはどうかと思うぞ」

「弘斗の相手がかわいい女の子なら、俺だってなにも言わないさ。あんたとは初対面だが、噂はいろいろと聞いている。ホストとしては一流だろうが、女を喰い物にしている最低男のくせに、デカイ顔するんじゃねぇよ」

「俺は客に夢を見させているだけだ」

「なにが夢だ。いったいいままでに何人の女を借金まみれにして風俗行きにさせたんだ。ああ？」

「さあね」

いちいち数えたことはない。ユアンは破滅《はめつ》していく女たちに同情したことはなかった。

「弘斗はそれを知ってんのか。おまえのことをカッコいいだとかバカなことをほざいていたが、真実を知ったらどれほどショックを受けるだろうな。そもそも、男にはどれだけ金を積まれても応じなかったホストのユアンが、いったいどうして弘斗とこんなことになったんだ！」

「さあ、どうしてだろうな」

自分にもわからないことを論理的に説明できるわけがない。そもそも弘斗はどうしてあんなに極上のエナジーを持っているのか、いい匂いがするのか、体液が美味しいのか。

稲葉はただのむさくるしいオッサンなだけで、弘斗のような清純さのカケラもない。叔父と甥という、血縁関係では親子兄弟のつぎに近いというのに、まったくいい匂いもしなかった。無人島に稲葉と二人きりになったとしても、ユアンは絶対にこの男からエナジーをもらおうとは思わないだろう。暗示で言いなりにできるとわかっていても、汚れたオッサンに触れたくはない。いっそのこと餓死したほうがマシというものだ。

「女に厭きたからこんどは男ってことなのか？　弘斗には財産なんてものはないぞ。借金させても女のようには稼げない。もちろん男相手の風俗もあるにはあるが、俺はあいつにそんなことはさせたくない。遊びならよそでやってくれ！」

稲葉の拳がデスクを殴った。ガンと派手な音とともにノートパソコンが浮くほどの威力で。あの頑丈そうな拳で殴られたら痛いだろうが、ユアンは避けることができる。怖くはない。すくなくとも稲葉は。

だが弘斗に嫌われるのはいやだ。いままでの悪行《あくぎょう》の数々を知られて、弘斗に嫌悪される事態は避けたい。あの信頼しきったまっすぐなまなざしが曇ることを考えるだけで、いてもたってもいられない焦燥感のようなものが生まれる。

さしあたって、稲葉を敵に回すのはよくない――のだろう。弘斗は叔父を大切に思っている。ユアンと稲葉のどちらかを選べと迫ったら、いまの弘斗は確実に稲葉を選択しそうだ。ユアンには暗示という奥の手があるが、弘斗には使いたくないと思うのだ。

「俺は弘斗から金品を貢いでもらおうなんて考えていない。財産がないことくらい、あいつを見ていればわかる。あんたから出されているスズメの涙ていどのアルバイト代を奪ったって、たかがしれている。一晩の酒代にすらならないだろ」

「失礼なやつだな、おまえは。まあ確かに、弘斗には日給五千円で働いてもらっている。あまり使わずに貯金しているようだが、まだたいした金額にはなっていないだろうよ。弘斗は金を持っていない。それがわかっていて、あえて手を出したってことは、どんな鬼畜《きちく》だよ、おまえ」

「貴様《きさま》こそ失礼きわまりないな。俺が鬼畜だと？」

「鬼畜だろうが。なんにも知らない田舎者のガキをひっかけて、優しくしてやって手懐《てなづ》けて、あげくに気まぐれでペロリといただいたんだろ。色気のカケラもないから歌舞伎町を歩かせても大丈夫だと思っていたのに、とんでもないヤツに喰われちまって……」

うううぅ、と稲葉は歯を食いしばって苦悶の呻き声を上げている。

まだ最後までいただいていないと訂正しようとしたが、ユアンともあろう男が一晩かけても攻略できない処女っていったいなんだと思われそうだったので、黙っておいた。

「たしかにあいつには色気は皆無だが、そういうガキを好む輩《やから》もいる。今後は夜の街を歩かせるのはやめろ」

「言われなくてもやめるわ！　おまえみたいな性悪に捕まるってわかっていたら、最初から行かせてねぇよ。あいつはもう犬の散歩代行と買い物代行専門だ」

まぎれもない本音だろう。稲葉は両手で髪をぐしゃぐしゃとかきまぜている。甥っこへの愛情が歪んだ執着には発展していないようなので、その点は常識人なのだろう。

身じろいだ拍子にジャケットのポケットに入れた固いものがゴソリと動いた。

「ああ、忘れるところだった」

ユアンはソファから立ち上がりながら、ポケットから携帯端末を取り出した。弘斗のものと同一機種で同色だ。そのせいで弘斗がまちがえて持ってきてしまった。

「それは弘斗のヤツか？」

「ちがう。見てみろ」

手渡すと稲葉はそれを操作し、「なんだこりゃ」と驚きの声を上げる。

「どこのだれのものなんだ？」

「たぶん、ラブ・シンデレラの店長のものだ」

「えっ？」

稲葉は腰を浮かしかけ、マジか……と呟きながらまた椅子に座った。

「昨夜、弘斗はうっかり従業員の控室まで入ってしまい、そこでうっかり店長のケータイを自分のものと勘違いして持ち出してしまった。偶然にも同一機種で同色だったからな。

すぐに気づけばまだよかったが、見つけたのはついさっきだ。いまさら返しに行っても、はいどうもとすんなり家に帰してくれるとは思えない」

「……売春斡旋の噂は本当だったんだな」

「らしいな」

その携帯端末には買春《かいしゅん》客と思われる男たちの名簿録と、売春させている女たちのスケジュールがすべて入っていたのだ。過去の営業実績からこの先の予約状況までもが、これ一台でわかってしまう。店長・橋本の犯罪の証拠である。

「それの始末はおまえに任せる」

ユアンは稲葉に丸投げするつもりで持参してきた。「げっ」と変な声を出した稲葉の非難の目など知ったこっちゃない。

「どうして俺が？　いらねーよ、こんなヤバいモン。あんたが昨夜の弘斗の引率者だったんだろ？　責任はあんたが取れよ。あんたがしっかり見張っていないから、弘斗はこんなものをうっかり持ち帰ったんだろ」

「おまえは弘斗の叔父だ。保護者なんじゃないのか。だったら最終的な責任はおまえがとるべきだ。それを警察に持ちこんでもいいし、家出娘を無条件で解放させる交渉の手段に使ってもいい。おまえが自由にしろ」

「多賀咲月については、今夜にでも店のオーナーと話をつけに行くつもりだった。店側が多少ゴネようとも、多賀咲月は十七歳の未成年だ。警察にタレこむぞと脅《おど》せば解放するだろうと踏んでいる」

「だろうな。後ろ暗いのはあっちだ」

「……このケータイを弘斗が持ち出したと、向こうは気づいていると思うか？」

「さあ？　それはわからん。あの店長がどこまで鋭いのか、ほんの一分くらいのやり取りではわからん。とにかく、それは任せた。じゃあな」

用事は済んだとばかりに背中を向けたユアンに、「おい、待て！」と鋭い制止が飛んできた。振り返ると、稲葉は口をへの字に歪め、獣《けもの》のようにぐるると唸っている。

「まだ話は終わってない」

「これ以上なにを話すっていうんだ？」

「あんたの素性についてだよ」

なにを言い出すのかと、ユアンはまじまじと稲葉を見遣る。

「生年月日を言ってみろ」

「……そんなことを聞いてどうする」

「ホストのユアンは十二月十四日生まれってことになっているよな。毎年、ホストクラブでその日は太客が札びら撒《ま》いて、どんちゃん騒ぎだ。それはまあいい。問題は何年生まれか、だ」

稲葉はなにを知っているのだろうか。日本に来てから二十年になるが、それ以前のことはどんなに調べてもわからないはずだ。国家規模で莫大《ばくだい》な金をかけて調査するならまだしも、たかが街の探偵が調べるには限度がある。

「俺は今年で三十歳だ」

「へぇ、そりゃおかしいな」

稲葉が嫌な感じでニヤリと笑った。

「俺はな、これでも全国に知り合いがいるんだ。あんたにそっくりの外国人の男が、二十年も前に札幌のススキノに出没していたっていう話がある。名前はエリック。その五年後には大阪で確認されている。ススキノのエリックと瓜二《うりふた》つだが、名乗っていたのはジュリオというイタリアっぽい名前だった。札幌と大阪のそいつ、あいにくと写真はほとんど残っていない。ずいぶん大胆に女をひっかけては貢がせて優雅に生活していたくせに用心深かったらしい。だがまったくないわけじゃなく、俺はそれを持っている。そして歌舞伎町に十年前、ユアンという名のホストが現れた。さすがにこの十年はケータイやデジカメが主流になって、データを残さないようにするのは難しかったらしい。ずいぶんと写真が残っている」

「……それで？」

「あんた、エリックだろ。ジュリオでもある。他人の空似《そらに》にしては似過ぎている」

「世界にはそっくりな人間が三人はいるらしいが？」

「こんな狭い国に、その三人が時間差でつぎつぎとあらわれることのほうが確率的には低いだろうが」

稲葉はまちがったことをなにひとつ言っていない。すべてその通りだ。ユアンが黙っていると、稲葉が「見ろ」と古い写真をデスクに並べた。女の肩を抱いて笑顔で写真にうつっている自分がいる。思わず懐かしいと呟きそうになった。このときの女はいまごろどうしているのだろうか。

「ほら、おまえにちがいない」

しらばっくれるのは簡単だが、認めてもなんら支障はない。

「……それで？　もしこれが俺だったらどうだと言うんだ？」

「あんた、何者なんだ」

答えにくいことを稲葉は真正面から訊いてきた。

「この二十年まったく老けていない。どう見てもおかしいだろうが」

「美容と健康に気をつかって、アンチエイジングに励んでいるんでね」

ふっと鼻で笑ってみせると、稲葉は予想に反して激高《げっこう》せず、ぐらぐらと首を左右に振った。そしてため息をつく。

「俺はあんたの正体を暴いて、それをどうこうするつもりはない。弘斗に関わってこなければ、この写真だってこうして出す機会はなく、デスクの引き出しに入れっぱなしになっていただろう。俺はただ、弘斗がかわいいだけだ」

叔父バカを隠すことなく、稲葉は悩ましそうに目を閉じる。

「あいつには幸せになってもらいたい。両親を亡くして、親戚宅で肩身の狭い思いをして育ってきて、いまは俺のところで下働きだ。手伝わなくていいって言ってんのに、俺の役に立ちたいだとかいじらしいこと言いやがる。そのうちちゃんとした職につかせて、美人でなくてもいいから優しくて働き者の女とでもくっついて、あたたかい家庭ってモンを持たせてやりたかった」

「素晴らしい夢だな」

「おい、バカにしてるだろ」

「いや、褒めているんだが？」

ユアンは心から小馬鹿にした口調で言ってやった。勝手に夢見るのは結構だが、弘斗がそれを望んでいるかどうかが重要ではないのか。甥がかわいいばかりに稲葉は頭の中が花畑になってしまったらしい。

昨夜の弘斗は、健気なほどにユアンに縋りつき、慣れない愛撫に応えようとしてくれていた。いまの弘斗は、女ではなくユアンを求めている。稲葉の夢は、泡のように弾けて消えることだろう。

「あんたはどう見ても、弘斗を幸せにはできそうにない。気まぐれで田舎者を構っているだけなら、もう会わないでいてくれ。いまならまだ弘斗の傷は浅いだろ」

「俺はこれからも会いたいときに会うつもりだ」

稲葉が噛みつきそうな獰猛《どうもう》な目になってデスクを回りこんできた。人差し指をつきつけてくる。

「弘斗にふさわしくないって言ってんだよ！　あんたはホストを辞める気はないんだろ。これからも女を騙して貢がせて派手な生活を送っていくつもりなんだろ。そんなことされて弘斗が悲しまないわけがない。過去はともかく、いまからは清く正しく美しく暮らしていくってんなら、まだ許す。だが……」

唾を飛ばしながら熱弁をふるっている稲葉をどこで制止しようかと聞き流していたユアンだが、ふとなにかが耳に入ってきた。

「おい、聞いてんのか！」

「シッ」

ユアンは口元で指を立てた。真顔だったからか、稲葉が何事かと口を閉じる。

聴覚を最大限に広げて、ユアンは目を閉じた。かすかに、乱れた足音と息遣いが聞こえる。

この足音は——。

「……………弘斗だ」

まちがいない、弘斗の足音と息遣いだった。そのすぐあとに、別の足音。

「追われているのか」

「なに？」

稲葉を押しのけて、ユアンはブラインドが下ろされた窓に駆け寄る。さっきより日は傾いていて陽光はすこしやわらいでいたが、ユアンにとってはまだ帽子もサングラスもなしで外に出たいレベルではない。だがそんなことは構っていられなかった。

ブラインドの紐《ひも》を引いて一気に上げてしまい、窓を開ける。すぐ下の路地に、弘斗はいた。コンビニの袋が路地に落ちている。それを踏みつけるようにしてひとりの男が弘斗に迫っていた。背格好に見覚えがある。あのガニ股と気色の悪いオールバックにも。

「あれは、橋本か……？」

「えっ、だれだって？」

「ラブ・シンデレラの店長だ」

「ええっ？」

稲葉とユアンはほぼ同時にデスク上の携帯端末を見遣った。売春斡旋の証拠となりうる携帯端末を失くしたことに気づき、橋本はきっと血眼《ちまなこ》になって捜しただろう。もしかして弘斗が持ち去ったのではと疑い、ここまで追ってきたとしたら――。

「まずい」

ユアンが視線を窓の外に戻したときだった。橋本がスラックスのポケットからなにかを出した。それは折り畳み式のナイフだった。弘斗が隣のビルに追い詰められていく。

「このクソガキ、俺のケータイをどこにやったのか言えよ。さっさと言わねぇと、痛い目みるぞ！」

橋本が焦った口調でわめいている。路地裏とはいえ、まだ日が暮れていない道端《みちばた》でこんなことをしていては、いつ通行人に通報されるかわからない。それなのに橋本は弘斗を堂々と刃物で脅している。それほどに切羽《せっぱ》詰まっているのだ。なにをするかわからない。

「ひ、弘斗っ」

稲葉が悲痛な声で名前を呼んだ。声が聞こえたのか、弘斗が三階をふり仰ぐ。だが興奮してきっている橋本の耳には聞こえなかったらしい。橋本は弘斗に手を伸ばした。胸倉を掴み、その頬にナイフの刃をぴたぴたと当てている。

「おら、早く言え！」

「も、持ってない、俺、いま持ってない……さっきそう言いました！」

「はやく出せ！」

橋本に怒鳴られて、弘斗は「ひぃ」と首を縮めている。ユアンはデスク上の携帯端末を鷲掴みにすると、窓枠に足をかけた。悠長に階段を使って下に行く時間はない。一刻も早く、弘斗を助けなければ。

「あ、おいっ！」

稲葉が驚いた声を上げるのもかまわず、ユアンはひらりと空中に身を躍《おど》らせた。

†　†　†

稲葉の大声が聞こえた。「おい」とかなんとか。弘斗はビルの三階を見上げ、愕然とする。事務所の窓から、ユアンが飛び下りるところだった。

「ユアンッ！」

アスファルトに叩きつけられる光景を一瞬で想像して顔面蒼白になった弘斗だが、ユアンはふわりと着地した。何事もなかったかのように歩み寄ってくる。

いま、たしかに三階の窓から飛んだ。十メートル以上はあるだろう。それなのに、なぜ平然としていられるのか……。自分は白昼夢《はくちゅうむ》でも見たのだろうか。

弘斗同様、橋本も唖然としている。

「おまえが探しているのは、これか？」

ユアンが手に持っている携帯端末を掲げると、橋本の目の色が変わった。標的をユアンに変えて、ナイフを持ったまま突進していく。

「きさまーっ」

「ユアン！」

弘斗の叫びとほぼ同時に、ユアンは橋本をひらりとかわし、その腕をがっしりと掴んだ。身長はユアンが断然高いが、横幅と体重では橋本が上だろう。だがたいして力を入れていないように見えるユアンの手から、橋本は逃れられないようだ。

「は、放せ！」

「そんなものを振り回していたら危ないだろ」

「テメェ、ただじゃおかないぞ！」

「ほう、どうするつもりだ」

「ぶっ殺してやる！」

「おまえに俺が殺せるか？」

ユアンの目が妖《あや》しく光った。陽光を反射したのではない、なにかぞくっとするような暗い光に、橋本が怯むのがわかる。

「これは返す。だからおとなしく帰れ」

「………あんた、中を見ていないのか？」

「いや、見た」

橋本が鬼のような形相になった。ナイフを持った右手を封じられているからか、足先でユアンを蹴りあげようとする。ユアンは難なく足払いをした。まるで重力がないかのように、橋本の体がユアンの腕一本でくるりと回転し、背中からアスファルトに落ちた。

「ゲェッ」

橋本はカエルが潰れたみたいな醜《みにく》い声を上げて悶絶している。いったいなにが起こったのか、弘斗にはわからなかった。ユアンが片手で軽々と橋本を投げ飛ばしたようにしか見えなかった。

「く、くそっ………」

橋本がなんとか体を起こして、ユアンを睨みつける。果敢《かかん》にもナイフを握り直してまた襲いかかった。弘斗はもう悲鳴をあげなかった。ユアンが橋本に負けるとは思えなかったからだ。

ユアンの拳が橋本の顔面に入った。続いて蹴りが腹に決まる。倒れた橋本の頭を、ユアンは革靴で無表情に踏みつぶした。すでに橋本の顔面は血だらけだ。

それでも橋本はギラギラとした憎悪《ぞうお》がこもった目でユアンを睨んでいる。しぶとい。

「ほら、大切なものなんだろ。持って帰れ」

ユアンが携帯端末を橋本の手元に放った。カシャンと不吉な音とともにアスファルトに落ちたそれは、明らかにヒビが入っている。ユアンはとことん意地が悪い……。

「きさま、ユアン………覚えていろよ………」

「あいにくと、忘れっぽいんでね」

「ふざけんな。オレにこんなことして、ただで済むと思うなよ。おまえの店も、そのガキも、ぶっ潰してやる！　たかがホストのくせに偉そうな顔してんじゃねぇよ！」

「やっぱりそうくるか」

ユアンがため息をつく。どうするつもりだろうか――。

橋本は血だらけで醜悪《しゅうあく》な顔を、ニヤリと歪めた。

「女ったらしのユアン、いつのまに宗旨替えしたんだ。最近はこのガキを連れて歩いているみたいだな。ご執心だってウワサだぜ。ええ？　とうとう女に飽きたのか？」

「貴様には関係ない」

「ガキのケツがそんなによかったのかよ。こんなチンケなガキだが、もしかしてケツは具合がいいのか？　オレにも味見させてくれよ、なんて勃つかどうかわかんねぇけどよ」

橋本がユアンに力ではかなわないと見て言葉で攻撃してきているのはわかるが、ひどい侮辱《ぶじょく》に弘斗は茫然とした。昨夜、たしかに弘斗はユアンとセックスした。けれどあれは快楽のための遊びではなく、愛情があった。こんなふうに第三者に辱《はずかし》められることではないはずだ。せっかくの夜を台無しにされてしまったような気がして、弘斗は悲しくなった。

「おい、黙れ」

弘斗の代わりのようにユアンが怒気を剥き出しにした。橋本を睨む目が鋭くなっている。

ユアンも弘斗との一夜を大切に思ってくれているのかと救われた気持ちになったとき

だった。

「えっ……」

ユアンの全身からぐわっと怒りのオーラが放たれたように見えた。禍々《まがまが》しい空気が路地裏に充満《じゅうまん》していく。ユアンの口元に変化が現れた。犬歯がぐっと伸びて、唇からはみ出たのだ。弘斗はおのれの目を疑った。何度見直しても、牙が生えている。目の錯覚ではない。

「殺してやろうか。貴様のような人間は、生きているだけで害になる」

「やめろ……」

橋本がビルの外壁にへばりつくようにして、なんとかユアンから逃げようと足掻いている。ユアンから橋本へ、はっきりとした殺気が向かっていた。

ユアンが橋本の首に手をかける。金縛《かなしば》りにあったかのように、橋本は動けなくなっていた。顔面は蒼白だ。ユアンの指に力がこめられると、橋本が苦しそうにもがいた。本気で殺そうとしている。ダメだ、それだけは、ダメだ！

「ユアン、やめて！」

弘斗の叫びが聞こえたのか、ハッと我に返ったようにユアンは橋本の喉から手を外した。怒りのオーラがすうっと消えていく。それと同時に、ユアンの伸びていた牙が縮み、元

に戻った。ユアンがひとつ息をつく。

「橋本、俺の目を見ろ」

ユアンが命じると、橋本は血だらけの顔を上げた。ぴたりと視線を合わせたとたんに、橋本の目が虚《うつ》ろになる。ユアンの緑色の瞳が、赤く光ったのが見えた。そういえば、いつかのときもこの瞳を見た――。

「橋本、警察に自首しろ。おまえは店の女たちを使って違法な売春斡旋を行った」

「………はい………」

「女たちは全員、無条件で解放するんだ。警察では上部団体のことを洗いざらい喋ってしまえ。そのほうがすっきりするだろう?」

「……すっきり………」

「俺と弘斗のことは忘れろ。このケガは階段で転んだ。いいな?」

「階段で転んだ……」

「さあ、行け。振り返るな。大通りに出たら、タクシーを拾え。それで最寄《もよ》りの警察署まで連れて行ってもらえ」

「……はい」

橋本は朦朧とした表情のまま、ふらふらと立ち上がった。

いったいなにが行われたのか、弘斗にはさっぱりわからない。さっきまで狂犬のようだった橋本が、どうしていきなり従順になったのか。

橋本が路地裏から歩き去っていく。後ろ姿が見えなくなってから、ユアンは橋本が落としていった折り畳みナイフを拾った。刃をしまい、ゆっくりと弘斗を振り返る。その瞳はもう赤くはない。いつものきれいな緑色に戻っていた。

「ユ、ユアン……あの…………」

弘斗は三階の窓とユアンの足と橋本が去っていった方向を交互に何度も見て、途方に暮れた顔をするしかない。

「あんなところから飛び下りて……大丈夫なんですか……？」

「俺は丈夫にできているんだよ」

「さっき、目が赤かったような……」

「……だろうな」

ユアンが苦笑する。なんだか寂しそうな表情だった。

瞳が赤くなるのを見たのは二度目だ。あのときは興奮するとそうなると説明され、納得した。でも興奮しただけで緑の瞳が赤くなるだろうか？　橋本になにかをしたのではないのか。それと、牙。たしかに牙が伸びたのを見た。禍々しくも強そうな印象を受けた牙だった。美しい曲線を描くユアンの唇には、もうない。

「牙みたいなのが、生えていたけど……あれ、なに……？」

「………手品だ」

肩を竦めて、ユアンはちょっとおどけて言ったが、弘斗は乗れなかった。路地裏に重い沈黙が落ちる。

「おまえ、ケガをしたのか？」

指摘されてはじめて気づいた。てのひらに擦り傷ができて血が滲んでいる。橋本に追われているときに、どこかで擦ったのだろうが覚えていない。

「見せてみろ」

ユアンが手を伸ばしてきた。

「わっ」

弘斗は反射的に素早く手を引っこめて、自分の背中に隠してしまった。まるでユアンに触れられたくないように。宙に浮いた手をそのままに、ユアンが硬直している。弘斗自身、そんな反応をするつもりがなかったので、激しく動揺して視線を泳がせた。

どうしよう、なんと言ってフォローすればいいのだろうか。気まずい。申し訳ない。助けてくれたのに、なんて恩知らずな態度を取ってしまったのか。

なにをどう弁解すればいいのかぐるぐるしていると、ユアンは降参、という感じで両手を上げて、そっと弘斗から距離をおいた。遠ざかっていくユアンに、弘斗は泣きそうになる。

「ユ、ユアン……」

行かないでほしい。でもどう言ったらいいのかわからない。本当に、どうしよう。どうしたら――。

「じゃあな」

ユアンはそれだけ言って弘斗に背中を向けた。傍観《ぼうかん》していた稲葉に「やるよ」と橋本の忘れものであるナイフを差し出す。

「もう弘斗に危ないことはやらせるな」

「……わかってる……」

そんな優しい忠告を残して、ユアンは路地裏を出ていく。弘斗は必死で背中を見つめたけれど、二度と彼が振り返ることはなかった。

トイプードルのマロンは四本の足をせっせと動かして散歩を楽しんでいた。小型犬用のレインコートを着ている。水玉模様のコートに、霧雨《きりさめ》のような細かい水滴がついては、下へと滑って落ちていく。リードを手に、弘斗はその様子をぼんやりと眺めながら歩いた。

七月になっていた。ここのところ梅雨らしい天気が続いている。天気予報では数日中に梅雨明けになるそうだが、今日の天気を見ているとてもそうとは思えない。

傘をさしていつもの散歩コースをたどり、途中休憩に使っているちいさな公園にたどりついた。ベンチが濡れていたので座らない。持参したペットボトルからマロンに水を与えた。ひとつ息をついて、弘斗はパーカーのポケットから携帯端末を出す。

着信はナシ。メールもナシ……。

もう何度も電話をしているのに、ユアンは応答してくれない。メールなんか山ほど出したけれど、返信は一度もなかった。昨日あたりから、どうやら着信拒否になっているらしく、弘斗は暗く落ちこんだ。

もう、ユアンは弘斗とは連絡を取るつもりがないのだろうか。会わない……というか、会いたくないのだろうか。弘斗はこんなにも会いたいのに。声を聞きたいのに……。

いつだったか、ここで黒ずくめのユアンに会ったのだ。日傘と帽子とサングラスとマスク、そして手袋をした長身の男の登場に、マロンがビビって弘斗の後ろに隠れたのを覚えている。また現れないだろうかと、弘斗は儚い望みとともに周囲に視線をめぐらせた。しとしとと降る雨に濡れた住宅街が広がるばかりだ。

いるはずがない。きっと弘斗は嫌われた。あのとき、どうして一瞬でもユアンを怖いと思ってしまったのだろうか。

ユアンは弘斗に、ケガをしたのかと手を差し伸べてくれた。弘斗を案じてくれたのに、反射的に体を引いてしまった。とんでもない失態だった。ユアンは傷ついた顔をしていた――。助けてくれた人に、弘斗はなんてひどい仕打ちをしてしまったのか。

一言、ユアンに謝りたい。でも電話には出てくれないし、メールも受け取ってもらえない。ホストクラブまで行けば絶対に会えるだろうけど、歌舞伎町にはもう行くなと稲葉にきつく言われている。

あれ以来、犬の散歩代行と買い物代行、掃除などの仕事しかさせてもらっていなかった。家出娘探しがきっかけでユアンと親しくなってしまったことを、叔父はかなり気にしていて、二度とそんなことがないようにと気を配っているようだ。

多賀咲月は、すでに家に戻っている。あの日のうちに、橋本は最寄りの警察署に自首した。すぐに警察が動いてラブ・シンデレラは家宅捜索され、閉店。女の子たちは全員が取り調べを受けたらしい。店が強制的に売春させていたということで、女の子たちは書類送検だけで済んだと、あとで稲葉に聞いた。橋本を支配していた組事務所も家宅捜索されたらしいが、その後はどうなったのかよく知らない。まだ捜査中なのかもしれない。

ユアンが橋本に言い聞かせたとおり、ユアンと弘斗の名前は口にしなかったのだろう。一度も警察が訪ねてくることはなかった。

もしかしたら、ユアンは催眠術《さいみんじゅつ》でも使えるのだろうか。記憶を封じる——あるいはなかったことにするなんて特技があるとしたら、素晴らしいとしか言いようがない。三階から飛び下りた運動能力も凄いし、ユアンは本当にスーパーマンのような人だ。

「ユアン……」

名前を呟けば、会いたい気持ちが膨れあがる。たとえ何者でも、会いたいと思う。会って、また抱きしめてほしい。ユアンがエッチなことをしたいと言うのなら、今度はどんなことだって弘斗は許すだろう。だって、ユアンが好きだから。

「電話に出てよ……」

こっちはこんなに好きなのに。もうユアンには嫌われたかもしれないと思うと、涙がじわりと滲んできた。会いたい、会いたい、会いたい。また抱きしめてもらいたい。優しくエロくキスしてほしい。

「会いたい……」

マロンが弘斗の足元で「クゥーン」と細く鳴いた。弘斗の様子が気になるのか、マロンがしきりに弘斗の足に前足をかけている。

「ごめんね、散歩の途中なのに、集中できなくて……」

とぼとぼとした足取りで公園を出る。散歩を再開したが、やはり弘斗の頭の中はユアンのことでいっぱいだった。

稲葉に、ユアンとそっくりな男が二十年も前から国内で目撃されているという話を聞いた。写真も見せられた。あれは他人の空似というレベルではなかった。まぎれもなく、ユアンだった。

稲葉は真剣に「もう会わない方がいい」と弘斗を説得しようとしていた。傷つくのは弘斗の方だから、というのが稲葉の見解だが、それで恋心がなくなるならば世の中には恋愛小説だとか恋愛の歌なんてものは存在していないのではないだろうか。

思うようにならないから、人はみな苦しむのだ。まだ十九歳で、これがはじめての恋なのに偉そうなことは言えないが、弘斗はユアンを好きでいることをやめられそうになかった。

ユアンはいったい何者なのか。

背が高くて、きれいな金髪で緑色の瞳をしたホスト。女の人に貢がせて優雅な暮らしをしているそうだが、あれだけの美形に微笑まれたら、女の人はイチコロだと思う。ユアンにとってホストは天職なのだ。きっと。

弘斗にとっては、ときどき意地悪だけれど優しい男だ。血液フェチっぽくて、ニンニクが苦手で、太陽の光が苦手。三階の窓から飛び下りても平気なくらい身が軽くて、人を言いなりにさせられる術のようなものが使えるスーパーマン。

「…………ん?」

弘斗はふと思いついた。血が好きでニンニクが嫌いで太陽が苦手? これではまるで吸血鬼のようだ。まさかね。現代の歌舞伎町でホストをしている吸血鬼なんて、いるわけがない。バカバカしい。

「でも…………」

そんな吸血鬼がこの世に一人くらい存在していても、いいのかもしれない。

もし、ユアンが吸血鬼なら、弘斗はどうする? 伝説の中では、吸血鬼に首筋を噛まれて血を吸われると干《ひ》からびて死ぬか、おなじ吸血鬼になってしまう。

ユアンがきれいな女の人を侍らせて、その細い首筋に牙を突き立てる光景を想像してみる。ぞくぞくするほど美しいかもしれない——なんて、弘斗は思ってしまった。

ユアンに血を吸わせてほしいと望まれたら、弘斗は死なないていどならあげてもいい。献血みたいな感覚かな。ただ弘斗まで吸血鬼になってしまうとしたら、ちょっと困ったことなる。足元でちょこちょこと歩いているマロンを見下ろした。ユアンのように太陽の光が苦手になってしまったら、こんなふうに犬の散歩代行ができなくなってしまうからだ。それはダメだ。でもそのかわり、三階から飛び下りても大丈夫な体になれるのかもしれないと考えると、それはそれで稲葉の仕事に役立てることができるのではないだろうか。

どちらにしろ、こうして一人でぐるぐると考えているだけでは埒《らち》があかない。

「……会って確かめてみないと、わからない、かな」

いま、ユアンが弘斗のことをどう思っているのか、聞いてみたい。弘斗も、ユアンに会って、自分の気持ちが揺るがないことを確かめたい。確かめなければ、ここから一歩も動けそうになかった。

覚悟を決めなければならない。ユアンが何者だろうと、稲葉にどれだけ怒られようと、自分の想いが変わりそうにないのならば――覚悟を決める。

† † †

「おい、そろそろ時間だぞ」

如月に声をかけられて、ユアンは不機嫌を隠しもせずにじろりと睨んだ。

ホストクラブ『GOLDEN NIGHT』のロッカールームで、ユアンは手の中の携帯端末をぼんやりと眺めていた。ホスト用のロッカーが壁際にずらりと並び、中央に休憩用のソファが置かれている。三人掛けのそれに、ユアンは我が物顔で座っていた。

投げ出した長い足を、如月はわざと跨《また》いでいく。

「鳴らない電話を待っててても仕方がないだろ。働け」

ここのところ調子が出ないユアンを、如月は単純に弘斗とケンカをしたと思っているらしい。VIPルームで弘斗とキスしているのを覗き見した如月は、すっかりユアンが宗旨替えをしたと思いこんでいる。たとえそうだとしても、ホストクラブの店長としてはユアンがいままでとかわらずに勤務してくれたら私生活には口出ししないのが普通だが——。

「おまえさ、そんなに気にしているなら、とっととあのガキと仲直りしろよ。客の前でも腑《ふ》抜《ぬ》けたツラをすることが多くなってるぞ。ユアンともあろうものが、いったいなにやってんだよ」

「…………」

見て見ぬふりをしろ、傷心なんだ、仲直りというレベルの問題ではない、とは言い返せないユアンだ。ここで弘斗との関係は終わったと白状しようものなら、大笑いされるに決まっている。女を手玉にとってきたナンバーワンホストが、あんな子供ひとり思うようにできなかったのかと。

「俺はソッチの趣味がないからわからんが、あんなガキのどこがいいんだ？　どこにでもいる、普通の男の子だろ。美形でもないし色気もないし、おまえのキスだけでメロメロになっていたところを見ると、たいした経験もないんだろ。もしかしてすごい財産でも相続しているのか？」

いままでのユアンを知るものなら、たいていはそういう結論に落ち着くだろう。だが弘斗はなにも持っていない。持っているのは、あの極上のエナジーだけだ。いや、清純な心も持っている。そばにいると落ち着く、癒しの空気も。

叔父だからというだけで弘斗のそばにいられる稲葉が心底、羨ましかった。できるならユアンもそばにいたいが、あんなふうに怖がられてしまっては、もうダメだ。

ついため息をついてしまったユアンを、如月がニヤニヤと笑いながら見ている。

「……………なに笑ってんだ」

「ヘコんでいるユアンが珍しいなと思ってね。くくく、まさか天下のユアンがあんな平凡なガキに落ちるなんて」

「うるせぇよ。俺はべつに落ちてない」

「ああそう、落ちてないんだ。へぇ、そう」

ぜんぜん信じていない顔をされて、ユアンは胸がむかむかした。

ああ、もう何日、弘斗に会っていないだろう。弘斗から奪ったエナジーはとっくに消化され体からなくなり、いまはちまちまと客の女たちからいただいている。もとの生活に戻っただけだが、たいして美味くないエナジーをもらっていると、弘斗のエナジーが恋しかった。あの朴訥《ぼくとつ》な笑顔も見たくてたまらなくなるからどうしようもない。

「ほら、お仕事しろ」

再度、促されて、ユアンはしぶしぶながら立ち上がった。携帯端末を胸ポケットに入れて、どうしてもこぼれてしまうため息をつく。

「客の前で辛気臭い顔をするんじゃないぞ。笑顔だ、笑顔」

「わかってる」

ロッカールームから出ようとしたとき、ドアが開いて蝶ネクタイのボーイがひょいと顔を覗かせた。

「あ、ユアン。人が訪ねてきたんだが、どうする？」

「人が訪ねてきた？　なんだそれは。指名が入ったってことか？」

「いや、客じゃないと本人は言っている。このあいだ来た、弘斗ってガキなんだけど」

「なにっ？」

弘斗が来た？　嘘だろマジで？

普通の人間ではありえない能力を見せられて恐怖に囚われているとしたら、もう二度とユアンの顔を見たくないはず。どうしてわざわざ店まで来たのか。ユアンが電話にもメールにも反応をしないから、直接話をしに来たのだろうが——。

「このあいだみたいにＶＩＰルームに通せばいいか？」

ボーイはユアンに訊ねながら、如月の顔色も窺っている。如月は弘斗を追い返す気はないらしく、ユアンの返答を待っていた。弘斗を中に入れるかどうかは、ユアン次第だ。

追い返すのは簡単だが、弘斗がなにをしに来たのか確かめたい。そう、確かめるだけだ。顔を見たいとか、すこしでも話をしたいだとか、できれば触れたいだとか、そんなことは考えていない。断じて考えていない。

「あ……じゃあ、とりあえず、ＶＩＰルームに……」

「わかった」

ボーイがドアを閉じた。弘斗に会える……。ユアンはそそくさと壁に取り付けられた姿見に歩み寄り、身だしなみのチェックをした。さっきはそのまま店に出ようとしていたのに、弘斗が来たとたんに髪を手櫛で整えているユアンを、如月が後ろから呆れた目で眺めているのが見えた。

「完璧に落ちてるだろ」

「落ちてないって言ってる」

如月はしつこい。

ユアンは深呼吸をして、いざ出陣《しゅつじん》といった気持ちでロッカールームから出た。廊下を進み、他の客の目につく場所を通ることなくVIPルームへ歩いていく。

弘斗がいた。いつものパーカーとデニムという格好だ。ほかに服を持っていないのだろうか。十人は楽に座れる長いソファの真ん中にちょんと腰掛け、ボーイからメニュー表を受け取っている。まだ二度目でしかない弘斗は、緊張しているらしく挙動不審なほどにもじもじしていた。

開けたままのドアをコンコンとノックすると、弘斗がパッと顔を上げた。その手からメニュー表が落ちそうになったのを、ボーイが澄ました顔でキャッチしてテーブルの端に置いた。

「なにか適当にソフトドリンクを持ってきてくれ。俺にはシャンパンを」

ユアンがオーダーすると、ボーイは一礼して部屋を出ていく。二人きりになって落ち着かない気分だが、ユアンは澄ました表情を崩すことなくソファに歩み寄り、弘斗の隣に座った。きっちり二人分の空間を開けて。

弘斗はユアンをじっと見つめ、なにも言わない。ただその視線にはユアンを拒否する色はなく、恐怖も感じられなかった。ユアンがよく知る、慕わしげなまなざしのように思える。いったいどうしたことかと、ユアンは困惑した。あのとき、怖がっていたくせに、もう記憶が薄れてユアンが怖くなくなったのだろうか。単細胞にもほどがある。

「あの、ユアン、ひさしぶりです」

「……ひさしぶりだな。元気だったか」

「電話しても出てくれないから、ここまで来ちゃいました」

眉尻を下げて悲しそうに笑う弘斗に、ユアンはポーカーフェイスの仮面の下で罪悪感にまみれた。着信拒否は臆病《おくびょう》すぎる措置《そち》だったかもしれない。

「あの、俺……ユアンと話がしたいと思って来ただけだから、客としてここに入るつもりはなくて。その、いま持ち合わせがないから……」

「おまえから金を取ろうなんて思っていない。気にするな」

「えっ、いいんですか？」

「いいんだ」

ユアンがきっぱりと言い切ると、弘斗は「ありがとう」とはにかむ笑顔になった。ぴかっと後光が差しそうな清らかな笑みに、ユアンはくらりと眩暈を覚えた。

強烈な清純オーラが出ている。いろいろとあったのに、弘斗は心の美しさを損なっていない。どうしたことか、ユアンに対する恐怖心もないようだ。期待する気持ちが生まれてきそうで、ユアンは自分を戒《いまし》めなければならなかった。下手な期待は、落胆をおおきくするだけだ。余計なことは考えない方がいい。

ユアンは空咳をして、意識を切り替えようと努めた。

「俺に、なにか用だったのか？」

「このあいだのこと、謝ろうと思って」

「へ？」

あまりにも思いがけないことを言われて、ユアンは間抜けな面を晒してしまった。

「おまえ、なにか謝るようなことをしたか？」

ユアンの方はいろいろとしている自覚はあるが、はて？

思い当たることがなくて首を傾げたところに、ボーイがトレイを手に戻ってきた。控え目なノックとともにＶＩＰルームに入ってくると、テーブルにジンジャーエールのグラスとシャンパンのボトルを置いた。ボーイがフルートグラスにシャンパンを注いでくれる。

「ごゆっくりどうぞ」

　ボーイは静かに部屋を出ていった。ドアが閉められる直前、ボーイの肩越しに如月の顔がちらりと見えたので、ユアンは本気で睨みつけておいた。覗き見したらただじゃおかないぞ、と視線に脅しを加えておく。

　きっちりとドアが閉まってから、ユアンはグラスを手にしてシャンパンを味わった。弘斗もジンジャーエールをストローですすっている。

「あの、ユアン……」

　ストローでグラスの中をかき回しながら、弘斗がおずおずと切り出した。

「ユアンって、吸血鬼なんですか？」

　グラスに口をつけていたユアンは、ブーッと思い切り吹いてしまった。口の周りとテーブルをシャンパンまみれにしたまま、愕然と弘斗を見遣る。まさかこれほどストレートに疑問をぶつけられるとは思ってもみなかった。

「なにバカなこと言ってんだよ、おまえ」

　笑い飛ばそうとしたが動揺のあまり口元がひきつってしまう。いままでさんざん人間に示された疑いを鉄壁の笑顔と口八丁《くちはっちょう》手八丁《てはっちょう》で誤魔化して生きてきたのに、弘斗の前でなにもできなくなってしまっている自分に茫然とするしかない。

どうした、俺様――と、自問自答すればするほど動揺は激しくなった。

「……やっぱりバカなことでしょうか？」

「そんなもの、この世に存在しているわけがないだろう。そういう映画でも見たのか」

ははは、とあきらかに心から笑っていない声をたてたが、弘斗はユアンのうろたえぶりに気づいていないようで、腕を胸の前で組んで「うーん」と唸っている。

「だって、ユアンは太陽が苦手でニンニクが嫌いで、血が好きでしょう？　それであの普通じゃない身体能力。叔父に聞いたんですけど、二十年前から顔が変わっていないんですよね？　いろいろと総合すると、吸血鬼なんじゃないかなって思ったんです」

恐ろしいことに当たっている……。

だがさすがに突拍子もない話だと弘斗も自覚しているらしく、そう自論を展開しながらも半信半疑だ。ここは深く掘り下げない方がいいだろう。藪蛇《やぶへび》になったら困る。

「その空想話と謝りたいことは、どう関係があるんだ」

「あのとき……キャバクラの店長に追い詰められたとき、俺はユアンに助けてもらったのに、とっさに怖がってしまいました。あの態度はいけなかった。ユアンに嫌な気持ちをさせてしまったんじゃないかと思って、ずっと謝りたいと思っていました」

弘斗はしゅんと肩を落としてちいさくなる。意外な謝罪に、ユアンはかるく目を見張った。あのときの反応は人としてごく普通のものだ。弘斗が特別なわけではないから、気に病むことではない。だれしも常識を越えた事態を目の当たりにすれば、恐れおののく。人前ではできるだけ力を発揮しないようにしていたのに、弘斗を助けるためとはいえかなり使ってしまったのはユアンだ。

「俺のこと、恩知らずだと思って嫌いになりました？　だから電話もメールも拒否しているの？」

「いや、そういうわけじゃ……」

なんと返事をしていいかわからず、ユアンは口ごもる。

「きちんとお礼も言っていませんでした。あのときは助けてくれてありがとう」

弘斗は両手を膝に置いて、ぺこりと頭を下げてきた。

「俺が店長のケータイなんか持ち出してしまったから、あんなことになりました。正直に本名を名乗ったのも俺です。全部、俺のミスでした。そのせいでユアンに迷惑をかけたのに、あの態度はなかったと思います。すごく反省しています」

こいつはやっぱりバカだ。天然系のバカだ。ユアンのような生き物に感謝を示して、頭を下げるなんて。

「でも、ひとつ言い訳をさせてもらいたいんです。あのとき、俺が怖いと感じたのは、ユアン自身じゃなくて、ユアンが店長に向けていた殺気だったんです」

「……殺気？　それが怖かったのか？」

「はい。だってユアン、本気で店長を殺してやろうって思っていたでしょう」

弘斗が語る内容は、ユアンにとって思いもかけないものばかりだ。

「俺、見ての通りぬくぬくとした環境で育ってきたから、あのとき本物の殺気ってものにはじめて遭遇しました。だからもう心底ビビってしまって、あんな態度になりました。ごめんなさい」

「おまえは、てっきり俺が怖くなったのかと思っていた……。だからもう会わない方がいいと判断して、連絡が取れないようにしたんだが……」

「俺は会いたかったです」

弘斗がまっすぐに目を見つめて訴えてきた。たしかに、その瞳には恐怖や軽蔑など、負の感情はいっさいない。さっきからずっと、あいかわらずの親しげな、好意しかないまなざしがある。

信じられない。あんな場面を見せつけられて、それでもユアンを怖くないと心から言ってくれる人間がいるなんて。

ビジュアルが美しくないし殺してしまう危険があるのでここ二十年ほど人間の生き血を

すすっていないが、もしそんな食事の光景を見ても、弘斗はユアンを許して怖くないと言ってくれるだろうか。

「もし――もしも、俺が、おまえの言うとおり吸血鬼だとしたら、どうする……？」

誘惑に負けて、そんな質問をしてしまった。弘斗は目を丸くして何度か瞬きをし、胸の前で腕を組んだ。

「うーん……そうだなぁ、とりあえず俺も夜型生活に変えます」

「は？」

「それで、ニンニクは絶対に食べません」

「……おまえ、なに言ってんだ？」

「だって、そうしないとユアンとは付き合えないでしょう。俺、できるだけユアンと一緒にいたいって思っていますから」

てへ、と弘斗は頬を赤く染めて笑った。

「俺に襲われて殺されるかもとは思わないのか」

「お腹が空いて、どうしても我慢できなくなったら、襲ってもいいですよ。死ぬのは怖いけど、ユアンなら痛くないように優しく殺してくれるかな、なーんて思います。おかしいですか」

「おかしい。おまえは頭の中に花でも咲いているんじゃないのか」

殺されてもいいなんて、マジで花畑だ。こいつはよくいままで無事に育ってきたなと、へんなところで感心してしまう。

「咲いているかもしれません」

頬を赤く染めたまま、弘斗は潔いほどまっすぐにユアンを見つめてくる。

「ユアンが好きです。女の敵のナンバーワンホストかもしれないけど、俺には親切で勇敢《ゆうかん》でカッコいい男にしか見えません。吸血鬼っぽいところはあるけど、それは完璧すぎるユアンのちょっとした癖《くせ》みたいなものだと思います」

「癖？　癖で片付けていいのか？」

「いいんです」

恐ろしいほどにきっぱりと弘斗は言い切った。ユアンはあっけにとられる。

「ユアンだって、俺のことすこしは好きですよね？　エッチなことしたとき、そう言っていました。いえ、はっきりとは言わなかったですけど、否定はしませんでした。電話とメールを無視して俺と連絡を取らないようにしたのだって、俺がユアンを怖がったと思ったからです。もう俺を怖がらせたくないって考えてくれたのだとしたら、それ、俺のためですよね」

花畑に住むガキのくせに、ズバズバと核心を突いてくる。あまりにも正解すぎて、ユアンはいちいち反論するのに疲れた。ため息をついて目を伏せる。

「……おまえのためだけじゃない……。自分のためでもあった。俺を見て恐怖するおまえの顔を、俺が、見たくなかったからだ……」

本音をこぼしてしまった。弘斗の勢いにのまれて。

なんだか格好をつけて気どっているのがアホらしくなってきた。ユアンはため息をついて、ソファにどさりと体重を預けてもたれた。天井にはＶＩＰルームだけの特注シャンデリアがぶら下がり、豪華な輝きを放っている。巧妙にカットされたガラスが複雑に光を反射していた。人工の光だ。真昼のように明るくても、あくまでも人工の光なので、ユアンにダメージはない。

夜の世界で三百年も生きてきたユアンにとって、月光と人工光が自分に相応《ふさわ》しいものだった。だがここに、太陽の光のような弘斗という人間が現れた。

はるか昔、まだ人間だったとき――ユアンという名ではなく、親につけてもらった名前だったとき、なんの疑問も持たずに太陽の下で生活していた。それを失って、家族との生活も失い、真の恋人もつくれなくなり、一人で永遠の時を生きていかなければならない運命を背負った。絶望しているのは自分らしくない。せいぜい享楽的に生きて、楽しんでやろう。そんなふうに思って、やってきた。

だがやはり、太陽への——ある意味、憧れのようなものは、なくせなかったのかもしれない。太陽のような弘斗に惹かれた。屈託がなく、清純で、弱そうに見えてじつは強靭《きょうじん》な精神の持ち主。ユアンを怖がらず、いざとなったら殺してもいいなんて言う存在。

ただし痛くないように優しく殺してって、なんだよいったい。ユアンはふっと笑みをこぼした。黙りこんでしまったからか、弘斗が気遣わしげに横から覗きこんできている。

「ユアン、怒りました?」

「どうして怒るんだ」

「だって、俺のこと好きですよねなんて、傲慢《ごうまん》なこと言ってしまいました」

強気発言の直後に、この自信のなさは不思議だ。勢いで言ってしまったと、後悔しているのだろうか。眉尻が情けない角度に下がっている。

「俺、ユアンに好かれるようなもの、なにも持っていません。顔だってスタイルだってよくないし、お金もないし、頭もたいしてよくないし……」

「たしかにおまえはなにも持ってないな」

肯定したら、弘斗は悲しそうな顔になった。自分で言ったくせに。

「ほら、こっちに来い」

両手を広げた。弘斗の表情がパッと明るくなり、いそいそとソファの上を移動して近くまで寄ってくる。手が届くところに来たので、ユアンはひょいと抱き寄せた。膝に乗っけて、頬と頬をぎゅっとくっつける。

ああ、流れこんでくる——爽やかでいて、鮮やかな印象の濃厚なエナジーが。

そして同時に弘斗の気持ちまで感じられた。ユアンに寄り添いたいと願う、あたたかな感情。そのふたつを肌で感じ、受け取りながら、ユアンは陶然と目を閉じる。

心地良かった。指先まで豊かなエナジーが行きわたり、満ち足りていく。どれだけ自分が弘斗をほしがっていたか、よくわかった。手放したくない。みずから遠ざけようとしたが、弘斗の方がこうして飛びこんできたくれた。弘斗が許す限り、これからもこんなふうに抱きしめてもいいだろうか。

「ユアン……大好き」

弘斗が掠《かす》れた声で囁《ささや》いてきた。頬を離して視線を合わせる。鼻が触れそうな距離でじっと見つめあうと、弘斗の黒い瞳がしだいに潤んできた。鼻孔《びこう》に届く弘斗の体臭が、興奮してきていることを教えてくれる。

「なんだ、おまえ、発情してるのか？」

軽くからかってみると、弘斗は「ううっ」と唸りながらまた真っ赤になった。正直すぎて、わかりやすすぎる。ユアンがくくくと笑うと、弘斗はますます赤くなった。

たとえ嘘をつかれても、ユアンは肌に触れればわかってしまう。だから人間とは嘘をつくものだと思っていた。だが弘斗は嘘をつかない。いや、嘘をつけない。裏表がないから、安心して抱きしめられる。

「ねえ、俺のこと、好き？」

「……………どうだろうな」

「すこしくらいは、好き？」

「さてね」

答えたくない。言葉にしなくとも、そのくらいわかるだろうと言いたい。

「言ってよぅ」

「言わない」

意地でも言わないぞと、ユアンは心に決めた。こんなガキに落ちてしまったのが悔しい。いつまでも意地を張っていたら、みすみす捕獲《ほかく》されにやってきた弘斗を逃がしてしまうことになりかねないだろうが、まだ悪あがきをし足りないような気がするのだ。

「弘斗」

呼べば、はい？　と目を合わせてくる。その邪気のなさに、ユアンは「くそっ」と毒づきたくなった。卑怯《ひきょう》だと思う。そんな無欲で無垢な瞳を向けられたら、ユアンはかわいがるしかなくなるではないか。

鼻と鼻をちょいちょいと擦り合せたあと、唇にキスをした。軽く触れるだけのキスを何度もして、弘斗の緊張が緩んだ隙に舌を入れる濃厚なくちづけに切り替えた。

「んんっ」

びっくりした弘斗が喉の奥で呻いて抗議したが、そんなものは聞かない。ユアンは思い切り弘斗を貪った。美味い。それ以上に気持ちいい。極上のエナジーを味わいながら、たっぷりと口腔をまさぐってやる。

「あ、んっ、ユアン……」

とろんと目を蕩けさせて弘斗が縋りついてくる。ユアンの腰を跨ぐようにして乗っている弘斗の股間は固くなっていた。デニムの固い生地の中で自己主張しているそれを、そろりと撫で上げた。

「あんっ、あっ」

「苦しいか？」

弘斗は涙目でこくんと頷いた。ユアンは弘斗をソファに寝かせて、デニムの前を開けた。飛び出してきた性器は、このあいだ見たときと寸分も違わない、幼い色艶のままだ。ここを弄ったのはユアンだけだとわかる。ルビー色した先端から、半透明の体液が溢れてきていた。シャンデリアの光が反射して、食べごろの果実のように瑞々《みずみず》しくて艶々としている。くらりと眩暈がするほどの誘惑フェロモンが、ユアンに襲いかかってきた。もう目が離せない。

「そんなに見ないでください……」

「見るさ」

たまらなく美味しそうな匂いに我慢できなくなって、ユアンはそこに舌を這わせた。

「ああっ、あっ、ユ、ユアン……っ」

弘斗が快感に悶えながらユアンの髪に指を絡めた。髪を引っ張られて痛かったが、そんなことには構っていられない。一舐めしたら歯止めがきかなくなって、ユアンはむしゃぶりつく勢いで口腔にくわえた。たいしたおおきさではないので喉が塞がれる状態にはならない。舐めるにはちょうどいいサイズだと告げたら、弘斗は怒るだろうか。

「ああ、ああ、ああ、やだ、ああっ」

弘斗が悶えて細い背中をのけ反らせる。ソファから落ちそうになるのを引きあげながら、ユアンは夢中になってしゃぶった。

男が嫌いだった自分が、まさか男のペニスをくわえる日が来ようとは。我ながら驚きの展開だが、弘斗のものはぜんぜんグロテスクではなく、意外なほどフェラチオに抵抗はなかった。

先端から滲み出てくる体液はエナジーよりも濃厚な生命力に溢れていて、ずっとこうしていたいくらいだ。先走りがこんなに美味いのだから、搾《しぼ》りたての精液はどれほどの美味だろう。

「あ、ん、ん、ん、ユアン、ユアン、そんなにしたら、いっちゃう、んんっ」

経験がなくて堪《こら》え性もないらしい弘斗は、またたくまに上りつめてしまったようだ。内股をきゅっと強張らせて、びくびくと腰を跳ねながら射精した。断続的に吐き出される体液を、ユアンは躊躇わずに飲みこんだ。やはり甘露だ。極上の酒よりも芳醇で、かつ清らかな生命力に満ちている。喉から胃へと落ちていくまでのあいだに、見えない力となって細胞のひとつひとつに染みていくようだ。

体の芯にともっていた火種《ひだね》が、一気に燃え上がった。

弘斗を抱きたい。体を繋げて、ひとつになりたい。快楽の渦に落ちて、忘我《ぼうが》の時を分かち合いたい。なによりも、この無垢な体に快楽を教えこんで、ユアンから離れられないようにしなければならなかった。

だがここで最後の行為にまで及ぶわけにはいかない。ドアの外に如月の気配がしている。

見張り番と称してこちらの様子を窺っているのだろう。如月は絶対に面白がっている。男にはどんなに金を積まれてもなびかなかったユアンが、いきなり宗旨替えして未成年の男の子に転んだのだから。

これ以上、如月に私生活を覗き見させて、娯楽を提供するのはまっぴらごめんだ。

ユアンは初体験のフェラチオに茫然としている弘斗の服を整えてやり、手を引いて体を起こしてやった。目元をぽわんと桃色に染めて、目を潤ませている弘斗は、あきらかにエッチな悪戯をされましたと顔に書いてある。本当はだれにも見せたくない表情だが、ちらりと見られるくらいは、仕方がないか。

「おい、帰るぞ」

「……どこへ？」

「俺の家だ」

んん？　とぼんやりしたままの弘斗を抱き上げた。目指すは裏口だ。そこから脱兎のごとく逃げ出す算段だが、はたして無事に抜けだしてタクシーが拾えるだろうか？

「弘斗、言っておくが、俺がおまえをいま抱き上げているのは、場所を変えたいのに立ち上がれないという非常事態だからだ。いつもこんな親切なことをするとは限らないからな。よく覚えておけ」

「あ、うん……？」

ぽやんとした顔のまま、弘斗はわかっていない感じで頷いている。

「仕方がないから横抱きなんていう恥ずかしい真似をしているんだ。聞いているか」

「……うん……」

「おい、目の焦点が合ってないぞ」

「うん……」

弘斗はこくりと頷くだけで、まともに頭が働いていない目をしている。どう説明しても理解できないようなので、放っておくしかない。

横抱き云々だけでなく、連れ出されたあとなにをされるのか、弘斗はわかっていないだろう。それを知りつつも、あえてユアンは説明しないことにした。ベッドで伸しかかった段階で弘斗が多少嫌がっても、もう逃すつもりはなかったからだ。絶対にこのまま、今夜いただく。

「よし、行くぞ」

弘斗を抱っこして、ユアンはドアへと歩み寄った。

† † †

気がつくと、見覚えのある広々としたベッドに下ろされていた。

「あ、あれ？」

きょときょとと薄暗い部屋を見まわした弘斗の視界に、ユアンのきれいな背中が飛びこんでくる。ベッドサイドで服を脱いでいたユアンは、無駄な肉がいっさいなく、必要な筋肉が必要なだけ的確についている、美しい陰影を浮き上がらせている体を晒しながら振り返った。

「目が覚めたか？」

「ここ……ユアンのうち？　あれ？　俺、ホストクラブにいたのに……」

「そのホストクラブでなにをしたか覚えているか？　タクシーに乗るまでは意識があっただろ。乗ったとたんに熟睡したが」

ユアンは下着まですると脱ぎ去ってしまうとベッドに乗り上げてきて、ぼんやりと横たわったままの弘斗の服に手をかけた。万歳《ばんざい》しろ、と命じられて両手を上げれば、するりとTシャツを抜き取られる。すぐにデニムのフロントを外されて、ハッとした。

ホストクラブでのやりとりが、急にどわっと記憶の底から蘇ってきた。感謝と謝罪と、好きだと改めて告げるという予定をこなすことができたあと、たしかキスをしてキスをして——そうだ、ホストクラブの個室でくわえられたのだ。

「わーっ、わーっ、わーっ！」

唐突に嵐のような羞恥が襲ってきて、弘斗は耐えきれずに絶叫した。デニムを脱がそうとしていたユアンがびっくりして手を引っこめている。

「なんの発作だよ、おい」

「だっ、だって、俺、あんなところでユアンに……っ」

「いまごろなに言ってんだ。たしかにVIPルームでやることじゃなかったが、俺のキスで気持ちよくなって勃起したなら、俺が責任を持って適切に処理してやらないとな」

なんだそのへんな理屈は。二人きりだったとはいえ、ドアの向こうには他のホストや客がたくさんいたのに。冷静になれなくてぐるぐるしてきたが、ユアンの言葉からあそこがVIPルームだと知った。

「もしかして、あの部屋、座っただけですごく高い料金が発生するんじゃ……」

「だから、おまえから金を取ろうなんて思っちゃいないから、気にするな」

「でも……」

客が料金を払わずに踏み倒した場合、ああした店はホストやホステスが被ると聞いた。弘斗のせいでユアンに迷惑がかかるのはいやだ。

ユアンがふたたび弘斗の下半身からデニムを取り去ろうと手をかける。

「人に聞かれたくない話をするには、あそこが一番だったから俺が指示したんだ」

「……ジンジャーエールと……シャンパン……」

未成年なので弘斗はジンジャーエールを一杯もらっただけだが、ユアンはシャンパンを飲んでいた。あれはいくらなんだろう。それに加えてユアンの指名料は？　ＶＩＰルームの使用料は？　もしかして何十万円もするのか？　貯金なんてないから、分割払いを許してくれればなんとか……。

「つ、月に、一万円ずつくらいの分割なら、払えるかもしれません」

涙目になってお伺いする弘斗に、ユアンがぶっと吹き出した。裸のまま腹を抱えてげらげらと笑っている。

「お、おまえ、俺に脱がされたくなくてボケ攻撃に出てるのか？　だったら成功だぞ」

「えっ？　なに？」

意味がわからなくてきょとんとした弘斗だが、デニムと下着が揃ってずり下げられていて、腰骨が露出したあたりでとまっていることに気づいた。アンダーヘアがちょろっとはみ出ている。

「あっ、いやです、もぅ」

赤くなって慌てて引きあげようとしたが、それよりも早くユアンが動いた。足からずるっと一気にデニムと下着を引きぬかれて裸にされてしまう。反動で弘斗はころんと後転よろしくひっくり返り、色気もそっけもないかたちで隠さなければならないところをユアンの目に晒してしまった。

「あわわわわ」

首まで真っ赤になって起き上がり、股間を両手で隠したが、ユアンはその慌てぶりをニヤニヤと笑って眺めている。

「ついさっきしゃぶってやったばかりだが、その粗チン、ちいさくてちょうどいいサイズだな」

「えっ……」

ガーンと弘斗はショックのあまり固まった。そんなおおきい方ではないとわかってはいても、男として生まれたからには、そんな言い方をされて喜べるわけがない。

「ひ、ひどい……」

「フェラがやりやすいって言ってやってんだから、喜べよ。気持ちよかっただろ？　またしてやるよ」

「ユアンにはデリカシーってもんがないんですかっ」

「してほしくないのか？」

色っぽい目になって、ユアンがわざとらしくぺろりと赤い舌で自分の唇を舐めてみせる。

「うっ」

バカ正直にも言葉に詰まった。されたことだけでなく、ものすごく気持ちよかったことも思い出したからだ。二度としてほしくないなんて、たとえ嘘でも言えない。

「ほら、やってやるから、手を退《ど》けろ」

「あの、その」

「フェラだけじゃなく、もっと気持ちいいこともしてやる」

「えっ………」

もっと気持ちのいいことって、なんだろう？　女の体とはちがうから、男の自分に、そんなにいろいろと快感を得るための器官があるとは思えない。

「………なにをするんですか？」

「まあおいおい教えていくから、とりあえずその邪魔な手を退けろ」

「ユ、ユアンっ」

手首をがっしりと取られ、股間から引きはがされた。まだ萎えた状態の、露わになったそこにユアンのきれいな顔が伏せられていく。あたたかくてぬめった粘膜に包まれたとたん、あまりの心地良さに弘斗はとろんと蕩けそうに弛緩《しかん》した。

「あ………ん、んっ、んっ、ユアン、あっ」

気持ちいい。すごく気持ちいい。あっというまに勃ちあがったものを、ユアンが丁寧に舌と唇で愛撫してくれる。

さっきはTPOをわきまえずに勃起してしまったものをユアンが処理してくれたような感じだったが、いまはちがう。二人とも全裸でベッドにいるのだ。これは、セックスの前戯としてのフェラチオだろう。弘斗は震えるほど感じた。

「気持ちいいか？」

横からくわえながら、ユアンが上目遣いで聞いてくる。衝撃的なほどエロい光景に、弘斗は涙目になった。ぷるぷると震えながら「いい……」と答える。

「こっちも弄るから、体の力を抜けよ」

こっちってなに……と聞き返そうとしたとき、後ろの穴に指が触れてきた。そうだった、男はそこを使うんだったと、いまさら思い出しても遅い。とっさに逃げようとしたが、屹立をくわえられた状態では思うように動けない。

「やだ、やだっ、こわいよ」

「いきなり突っこまないから怖がるな」

「でも………、あんっ」

ぬるりと指がそこに入ってきた。どうしてそんなに簡単に入るのかと霞む目を向ければ、シーツの上にいかがわしいピンクのロゴが印刷されたボトルが転がっていた。なんとかローションと読める。いつのまにそんなものを——。

「これは専用のローションだから大丈夫だ」

弘斗の驚愕の視線に気づいてユアンが応えたが、なにが大丈夫なのかと抗議したい。音信不通になっていたのに、ユアンは弘斗とセックスするつもりで買っておいたのだろうか。

上擦った声でそう聞いたみたら、ユアンは「買ったのはついさっきだ」と言う。

「ドラッグストアの前でタクシーを止めた。おまえ、寝てたからな」

「こんなの、ドラッグストアに売ってんの？」

「新宿だから」

ああなるほど、なんて納得している場合じゃない。ユアンは乱暴ではないけれど強引に指を挿入してくちくちと粘着質の音をたてながら弘斗のそこを嬲っている。

「いや、いやです、抜いてくださいっ」

「だれが抜くか。痛くはないんだろ。萎えてないし」

　指摘されたとおり、弘斗は萎えていない。だらだらと先走りを垂らしながら勃起していて、もっともっととユアンの愛撫をほしがっているようだ。後ろに指を入れられたまま、先端からまたぱくりとくわえられた。

「ああっ、あっ、あっ」

　気持ちよすぎて指がまったく気にならなくなる。追い立てるように舌を使われて、弘斗はまたたくまにいってしまった。のけ反って思い切り射精する。出しきってから、弘斗はハッとした。自分の股間から顔を上げたユアンを見て、口の中に出してしまったのだと青くなる。

「ごめん、俺、出しちゃいました……」

「いや、いい」

　出したものをどうしたのか聞けない。たぶんまた飲んだのだろう。

　今夜だけで二度も飲まれてしまった。いたたまれなくて視線を泳がせたそのさきに、ユアンの股間があった。金色のアンダーヘアに囲まれたそこには立派なものが勃ち上がっている。自分だけ気持ちよくしてもらって、ユアンをほったらかしにはできない。

「よし、続きだ」

「へ？」

上体を起こしてユアンの股間に手を伸ばそうとした弘斗は、あらためて伸しかかられてベッドに背中をつけた。首筋に顔を埋めてきたユアンは、耳の下から鎖骨のあたりにキスをしてきて、痛いくらいに吸いついてくる。痛みと快感がない交ぜになった感覚に陶然となりながら、吸血鬼なら首に噛みついて生き血をすすりたいのではないかなと思った。

「ユアン、噛んでもいいですよ」

顔を上げたユアンが、ふっと微笑む。いやらしいことをしている最中なのに、ものすごく優しい笑顔だった。

「噛まないよ」

微笑んだままユアンは弘斗の胸にくちづけてくる。乳首に吸いつかれて驚いた。女の子のような膨らみはないのに、ユアンは熱心に吸ったり舐めたりしている。くすぐったさにもじもじしていたが、そのうちぼんやりとした快感が生まれた。

「な、なんか、変……」

「そうか」

「変なんですけど」

「そのまま変になっていろ」

ユアンの手が下へと滑っていき、二回もいって力を失っている性器に触れた。ユアンの手はさらに奥へと滑っていき、さっき弄られた尻に到達した。

「あんっ」

ローションで濡れたままだったからか、指がするりと挿入されてしまった。ぬくぬくと出し入れされながら、もう片方の手で性器を嬲られる。さらに乳首を吸われるという、わけのわからない攻め方をされてしまい、弘斗は動揺のあまり涙目になった。

「あの、ねえ、そんな、あちこちされたら、俺、あっ、あうっ」

がくんと腰が跳ねるほどの快感が走った。なにが起こったのかわからず、弘斗はさらに目を潤ませた。ユアンの指が前立腺を探しあてて、そこを弄られたからだと知ったのはあとだ。

「あっ、あっ、やだ、変です、変だから、しないで、もうやめてよぅ……」

「気持ちいいか？」

性器にもローションを使われたのか、ぬるぬるになっていて、ユアンのおおきな手で扱かれている。そのうち後ろも前とおなじように熱くなってきて、どこがどう感じているのかわからないほど頭がぼんやりしてきた。体は勝手にびくびくと反応する。

「いい感じに力が抜けてきたな。ほら、もう指が二本になっているんだぞ」

「ううん、いやだぁ」

「三本にしてみるか？　ああ、大丈夫だ、柔らかくなっているから入る。いい子だな」

「ひろげないで、そんなにしないでよぅ、ううっ」

とうとう目尻からぽろりと涙がこぼれた。体のあちこちから快感が湧いて、頭がどうにかなりそうだ。怖い。感じすぎて、これからどうなってしまうのか怖い。

「弘斗、その泣き顔はヤバい。我慢できなくなる」

「あう、ううっ、やだ、もうやだ、ああっ、ああっ」

ユアンの指をきゅうっと締めつけてしまう。そんなところを嬲られて気持ちがいいなんておかしい。やめてほしいけれど、いまやめられたら三度目の絶頂に向けて高まっている体がつらいだろう。

「もう、もうおわりにしてくださいぃ」

「そうだな、そろそろ、俺も限界だ」

ぬるりと指が引き抜かれた。はぁ、と息を吐いた弘斗だが、両脚を抱えられてまた泣きそうになった。ユアンがそこに屹立をあてがっている。

「入れるの？」

めそっと泣きそうになりながらムードのない質問をしてしまった。だがユアンは怯むことなく、獰猛な目をしてそこにぐっと圧をかけてきた。

「ここまできて入れなかったら男じゃないだろ」

「そっとしてください、そっと」

「わかってる」

ユアンは頷いてくれ、言葉通りにゆっくりと挿入してきた。指で十分に解されていたからか、それとも行為に恐れを抱きながらも弘斗がユアンを心から受け入れようとしているからか――二人はひとつになることができた。

あられもないところを広げられている痛みはあったが、そればかりではない。心が満たされていた。繋がっているところからあたたかな気持ちも感じた。その証拠のように、弘斗は萎えていなかった。

「ユアン……」

両手でユアンにしがみつこうとしたが、体勢的にそれは無理で、かわりにてのひらにキスをしてもらった。唇が触れた手から、じんと痺れたような心地良さが広がる。いま、弘斗はどこをどう触られても快感にしかならないような気がした。

「弘斗、すごい……」

ユアンは額に汗を滲ませている。苦しそうな表情を浮かべているのはどうしてだろう。

でも弘斗もじっとしていられないような苦しさがあるから、おなじなのかもしれない。ユアンがそっと腰を引いた。ぞくっとする快感に息を呑む。ゆっくりゆっくり、ユアンは動いてくれていたが、しだいに激しくされた。揺さぶられてもみくちゃにされて、喘ぐだけになる。

ある瞬間から、痛みを快感が凌駕《りょうが》した。ユアンの熱がたまらなく気持ちいい。きゅうっと中を締めあげて、弘斗は後頭部をベッドに擦りつけるようにしてのけ反った。

「ああ、ああ、ユアン、ユアンっ、あんっ」

「くっ、弘斗……」

ユアンの呻きが聞こえる。感じてくれているのだと思うと、嬉しい。もっと感じてほしいと望むだけで、ユアンをくわえこんでいる部分が勝手にうねった。

「すげ……おまえ、どうやってんだよ……」

「わか、わかんない、あんっ、いい、いいよ、どうしよう、ユアン、いっちゃ……」

いつしかユアンの動きにあわせて尻を振っていた。淫ら過ぎる腰使いを、やめたいのだけれどとまらない。半泣きになりながら弘斗はユアンを貪った。

「いく、いく、も、いくっ」

「俺もだ」

チッとユアンは舌打ちし、さらに激しく体をぶつける勢いで突いてきた。視界がぶれるほど激しく揺らされて、頭が真っ白になっていく。

「いっ……く……!」

生まれてはじめて、性器への直接の愛撫なしで弘斗は達した。全身を痙攣させて絶頂に駆けあがる。すこし遅れて体の奥に熱い飛沫《しぶき》がかけられたのがわかった。脱力したユアンが覆いかぶさってくる。

「弘斗……好きだよ――」

耳に、掠れた声で幸せの呪文が吹きこまれた、ような気がした。よく聞き取れなかったから、もう一度言ってとお願いしたかったけれど、精も根《こん》も尽き果てた弘斗はそのまま意識を失うようにして眠りに落ちた。

† † †

腕の中ですうすうと静かな寝息をたてている弘斗を、ユアンは呆れた目で眺めた。

「たった一回で寝るか？」

　ユアンはまだまだ余力があるというのに、勝手に寝落ちされてしまった。残った情熱はどこへ持っていけばいいのだ。いままでのユアンならばつぎの獲物を求めて夜の街にくり出していただろうが、弘斗を置いて出かける気にはなれない。それに、そんなことをしたと知ったら、きっと弘斗は傷ついて泣くだろう。弘斗を泣かせるのは本意ではない。

「……しかたがない。つづきはまた明日だ。起きたら覚えていろよ」

　ユアンは全裸でベッドから下り、バスルームへ行った。ローションと体液で汚れた体をシャワーで流し、バスローブを羽織る。タオルを湿らせてベッドルームに戻った。

　弘斗はぴくりとも動かずに熟睡している。その細い体をタオルできれいに拭いてやった。

「どうして俺がここまで世話をしなくちゃならんのだ」

　ぶつぶつ言いながらだが、ユアンの手つきはあくまでも優しい。

　バスローブを脱ぎ捨てて、ユアンはベッドに上がる。夜型なので眠くはなかったけれど、弘斗に触れていたいと思った。抱き寄せれば、無意識ながら弘斗はすり寄ってくる。シルクのブランケットに二人でくるまり、ユアンはひとつ息をついた。

　性欲はまだ余っていたが、心は満ち足りている。

「弘斗……」

指先で頬をくすぐれば、弘斗は「ううん」といやがって顔を背ける。弘斗を見つめる自分の目が、どれほど甘く蕩けているか――。

ユアンはとうぶん鏡は見たくないと、悔しく思うのだった。

おわり

■あとがき■

こんにちは、またははじめまして、名倉和希です。このたびは「愛の狩人」をお手に取ってくださってありがとうございます。

昭和歌謡のようなタイトルですが、中身はセンシティブでビューティフルな吸血鬼モノです。ええ、あくまでもこれは美しい吸血鬼モノでございます。三百年も生きていながら気持ちだけは若者に負けないぞと、酒と女で遊び呆けている男の話ではありません……。

さんざん遊んでおきながら真実の愛に目覚めた――のかどうかわかりませんが、ユアンと弘斗はいいコンビだと思います。この二人、今後はどうなるのでしょうか。ユアンは間違いなく弘斗を自分のマンションに引っ張りこむでしょう。稲葉を敵対視しているので、叔父と甥という関係ながらもこれ以上の同居を許すはずがありません。弘斗はどこまでわかっているのでしょうね。わかっていてもいなくても、ユアンからは離れそうにないですが。絶妙なツッコミとボケを続けていってもらいたいものです。

さて、今回のイラストは北沢きょう先生にお願いしました。お忙しいところをありがとうございます。北沢先生とは二度目になりますね。前回にご一緒していただいたときとはまったく毛色がちがう話になりました。本の出来上がりが楽しみです。

このあとがきを書いているのは年度末です。外では花粉が飛び交っています。みなさんは大丈夫だったでしょうか？　私はまだ発症していませんが、いつどうなるかわかりません。怖いです……。

春が遅い信州にも、ぼちぼち温かな日差しが降り注ぐようになってきました。去年の秋、庭に植えたチューリップの球根。ちょっとだけ芽が出ているのを発見しました。雪の下でちゃんと春を待っていたのですね。かわいいです。

さて、紙面が尽きてまいりました。最後までお付き合いくださり、本当にありがとうございました。

名倉はあちらこちらで書いています。新刊や同人誌の情報などをブログとツイッターでお知らせしていますので、興味がある方は検索してみてください。

それでは、またどこかでお会いしましょう。

名倉和希

初出
「愛の狩人」書き下ろし

CHOCOLAT BUNKO

この本を読んでのご意見、ご感想をお寄せ下さい。
作者への手紙もお待ちしております。

あて先
〒171-0021東京都豊島区西池袋3-25-11
CIC IKEBUKURO BUIL 5階
(株)心交社　ショコラ編集部

愛の狩人

2014年5月20日　第1刷

著　者:名倉和希
発行者:林 高弘
発行所:株式会社　心交社
〒171-0021　東京都豊島区西池袋3-25-11
CIC IKEBUKURO BUIL 5階
(編集)03-3980-6337 (営業)03-3959-6169
http://www.chocolat_novels.com/
印刷所:図書印刷 株式会社

甘い微熱

初めて会った時から抱きしめたかった。

弓月あや
イラスト・緒田涼歌

大澤律は愛犬の散歩中、イギリス人の青年アレクサンドル・ポートマンに亡くしたばかりの祖母と間違えられ声をかけられる。慌てて誤解を解くものの、なぜか彼は律を訪ねてくるようになった。天涯孤独になった寂しさもあり、祖母を救えなかったことを思い出しては落ち込む律をアレクサンドルは抱き締め優しく慰めてくれる。心を許し身を委ねる律に彼はくちづけ、出会えたのは運命だとしか思えないと甘く囁いてきて…。